Opal
オパール文庫

オオカミくん、落ち着いて！
年下御曹司の終わらない執着愛

斉河 燈

プランタン出版

※本作品の内容はすべてフィクションです。

プロローグ

危機感が働くうちは、まだ深刻じゃないと紗英《さえ》は思う。

十九年と約半年の人生、たいがいのことはそうして乗り越えてきた。

父と母が同時期にリストラされたときも、家族旅行中に自宅が全焼した日も、柔道の練習中に両腕を同時骨折したときだって、結局はなんとかなったのだ。

「ほら、泣かないの。わたしなら大丈夫だから」

「けど、さ、紗英、血が……っ」

「平気だってば。死ぬ以外はかすり傷だって、いつも言ってるでしょ。もうっ、いつもの悪ガキぶりはどこに行っちゃったのよ。調子、狂うじゃない」

涙ぐむ少年の頭を、ぽんぽんと撫でてやる。

そう、大丈夫。意識もあるし、命に関わるほどではない、と紗英は思う。

しかし、左の額がとにかく痛かった。ズキズキと脈打って、そこが膨張していくかのよう。溢れた血液が顔半分を伝い、ぽたぽたと胸に滴るのが煩わしい。

（なんだか、寒くなってきた……）

日当たりが悪い所為だろうか。

ビルとビルの隙間、一メートルあるかないかといった空間は、壁もコンクリートの地面も、もれなく煤けてダウンタウンといったふう。排気ガス臭い風が、しゃがみ込んでいる紗英を押し流そうとするように吹き抜けていく。

「……苦労するわね、延《えん》。お金持ちの家に生まれたってだけなのに、こんな」

こんな危険が付き纏うなんて。

延を――この小柄な十歳の少年を、紗英が発見したのは十五分前のことだ。目出し帽を被った男たちに取り囲まれ、黒いワゴン車に連れ込まれそうになっていた。

誘拐だ。

連れ去られるわけにはいかないと、すぐさま立ちはだかった。

なにしろ紗英は延の家庭教師だ。幸い柔道は黒帯だし、腕にも少々覚えがある。

だが怯えた延を庇いながらの立ち回りに手こずり、気付けば額が割れていた。

延のＳＰが駆けつけて来なかったら、今頃、どうなっていたかわからない。

「これに懲りたら、二度とＳＰさんから離れるんじゃないわよ。いくら、わたしの授業をサボりたくてもね。わかった?」

路地の先には、体格のいい男が立っている。件の、延のSPだ。先ほど、通報しているのが聞こえたから、救急も警察も間もなくやってくるはずだ。

「わ、わかった。もうしない」

「そう。反省できたなら、いいのよ」

答えたところで、息が上がっていることに気付かされた。呼吸をするたび、肩が上下する。苦しい。ようやく、ほんの少し、まずいかもしれないと思う。

錯覚だろうか。

延の顔が、ぼんやりと犬に見えてくる。毛が長くてシュッとした、大型の、そう、シェルティだったかコリーだったか。そっくりだ。お手。

「――え、紗英っ、聞こえてるかっ」

「ん……?　あれ、わたし、ちょっと寝てた?」

「寝るな。寝たら死ぬぞっ」

「いや、それ、ちょっと違……うような、違くないような……へへっ」

「やべえ、笑ってやがる……そうだ、心臓マッサージ。俺の、友達の親戚が動画で観たって。なんとなくイヤホン越しに聞いたから、俺、じゃっかんわかる!」

「トドメ刺す気!?」

勢いつけてツッコんだ直後、くらっとする。貧血かもしれない。目の前に、チカチカした小さな光が舞っている。どうしてだろう、視界がうっすらと暗い。

するとと遠くから、サイレンの音が聞こえた。近づいてくる。救急車だ。

ああ、これでひとまず安心――ほっとした瞬間、脱力して崩れ落ちる。ついに地べたに仰向けで転がった途端、真上から生温かい水滴がバラバラ降ってきた。

「ごめん……ごめんな、紗英……っ」

俺の所為で。

そう言われそうだったから、紗英は手探りで延の手を掴んだ。

「いいってば、もう」

指先に痺れを感じるのは、気の所為だということにしておこう。

ゆっくりと瞬きし、紗英は「ねえ、延」と柔らかく言う。

「家に帰ったら、お父さんとお母さんに思いっきり甘えて。あったかいお風呂にゆっくり浸かって、ふかふかの羽根布団で……朝まで眠るのよ」

「は……？　おまえ、何言っ……」

「悪いのは、あいつらよ。非力な小学生を、誘拐しようとした奴ら。延はちっとも悪くない。だから、負い目に思わないで。自分を、絶対に、責めないで」

直後、聞こえていたサイレンが止まる。ほど近い場所に、パトカーと救急車がやってきたのだ。それなのに、けたたましさはまるでなかった。

耳に袋でも被せたみたいだ。あれだけ煩わしかった風の音も、ＳＰが救急隊員たちを路地に招き入れている声も、延のしゃくり上げる声も、ずいぶん遠い。

「……大丈夫。わたしなら、絶対に大丈夫だからね」

そんなに泣かないで。そう、声に出せたかどうかはわからない。

しかし小刻みに震える小さな手は、ぎゅうっと紗英の手を握り返した。わかった、と言われたような気がした。よかった。自然と口角が上がる。

（やっぱ駄目かも。人生、ここで終了かも……）

途端、暗転した意識は深く深く落ちていく。

1　御曹司、初恋をこじらせる

「あれ？　わたしもしかして十四連勤じゃない？　いつもより元気だから気付かなかった。いやー、人間ってほんと、あんがい頑丈にできてるもんよね」

「それ、小咲《こさき》係長だからなんじゃ……」

苦笑した女性――パート従業員の六十歳――が段ボールを折り畳んで片付ければ、本日の勤務は終了だ。出荷ラッシュを終えた倉庫内は、すかすか、とは言わないまでもやけに風通しがよくて、気分までなんだかすっきりする。

あれから十年、小咲紗英は気付けば二十九になっていた。

「さて、定時です。みなさん、お疲れさまでした！」

作業を終えた部下たちに、順に声を掛けていく。

「休憩室にどら焼きがあるので、よかったら一個ずつ持って帰ってくださいね」

「どら焼きって、もしかして、係長のお祖父さまのお店のですか」

「ええ。大口予約がキャンセルになって、余っちゃったらしくて。ゆうべ突然、アパートに大量に置いていかれちゃったんですよ」

「やった、嬉しい！　『くすのき』のどら焼きと言えばふわふわしっとり、並ばないと買えない逸品じゃないですか!!」

かもめのようにきゃあきゃあ言いながら去る集団を見送ると、紗英は白いヘルメットを脱ぎつつ、事務所へと引き返した。二月半ばの曇り空、西のほうはうっすらと茜色だ。作業用ジャンパーの襟もとから入り込む空気が、ひときわ冷たい。

(係長、かあ。いまだに慣れないな、その呼び方)

物流会社の倉庫で働き始めたのは、七年前だ。

この近くに住む母方の祖父宅のポストに、求人広告が入っていたのがきっかけ。当時の紗英は夢を失い、大学を辞め、なんとなく祖父の仕事を手伝っている身だった。

ちょうど、そろそろ定職に就かねばと思っていたから、タイミングがよかった。体を動かすのは楽しいし、人間関係も良好だし、今では天職だと感じている。

「小咲、戻りましたーっ」

「おう、お疲れ」

事務所で迎えてくれるのは、年配の男性上司たちだ。

「どら焼き、美味しかったよ。みんなでさっき、お茶請けにいただいたんだ」

「ありがとうございます、部長。消費していただけて助かります。わたし、ゆうべのうちに八個も食べちゃって、流石に食傷気味でして」

「八個！　いつもながら気持ちのいい食べっぷりだなあ」

「あははっ。いつ地球が滅亡してもいいように生きてるんで！」

気取る必要がないのは、単純にありがたい。

伸び切った髪を引っ詰めにしていても、汗っぽくても、私服がダサくても、誰も気に留めない。現場のパート従業員だってそうだ。女性ばかりだが、ヘルメットを被っているから、誰ひとりとして知らないはず。

紗英の額に、はっきりと目立つ傷跡があること――。

日報を記入し、メールチェックをして、夜勤の従業員に引き継ぎをしたら、やっと紗英の仕事は終わる。更衣室へ行き、ロッカーを開けて鏡を覗く。

「うわあ、どろっどろ……」

一日の重労働を終えた顔はテカテカで、メイクがすっかり崩れている。

汗で張り付いた前髪を退かすと、朝、コンシーラーで隠したはずの傷跡がうっすらと見え始めていた。縦に赤っぽく主張したそれは、十年前の。

延を庇って誘拐未遂犯と戦ったときにできたものにほかならない。

（わたしは正直、気にならないんだけどね。目にした人を狼狽えさせるのは申し訳ないし、前に、ちっちゃい子に泣かれたこともあるし）

ひとつ唸って、紗英は鞄から美容液のミストを取り出す。それを額全体に振って、ティッシュで軽く押さえ、コンシーラーを指に取ってからトントン塗る。

傷口を隠すメイクは、紗英の得意中の得意だ。

前述の流れでメイクを始めたら楽しくて、ハマりにハマった。出勤日の朝は忙しいから簡単に済ませてしまうのだが、休日は何時間も掛けて顔を作ったりもする。

もともと凝り性で、沼に落ちやすい性格なのだ。

メイクについて研究し、コスメを集めに集めること、数年。

やがて誰かと情報共有したくなり、ＳＮＳを始めたところ、傷跡を隠す『難隠しメイク』の動画が見事にバズった。今では、ちょっとした副収入を得る身——。

いや、これからはメイクが本職になるかもしれない。

（ふふ。なにせ、来てしまったのだからね）

ＳＮＳを通して、某外資系コスメブランドから、うちと専属契約しませんか、美容部員たちの講師になっていただけませんか、との誘いが。

単なる商品ＰＲの仕事ならば片っ端から断っているのだが（公正公平にコスメの品質をレポートしたいから）、講師となれば話は別だ。

一度、話を聞いてみたい。

新作のローンチパーティーにも招待されていて、楽しみな今日この頃なのだ。

「お先に失礼します！」

ヘアゴム跡のある長い髪を靡かせ、守衛に会釈をして門を出る。くたびれたデニムが一気に冷え、下半身から体温を持っていかれた。思わず、ブルッと身震いをする。

倉庫を出たときの茜色はどこへやら、あたりはすっかり暗くなっていた。

塾帰りと思しき、小学生の集団とすれ違う。忙しそうに、駆け抜けていく。先生がさ、などと話す声が聞こえて、いいなあとしみじみ思った。

何を隠そう紗英は、十年前まで小学校教諭を目指していたのだ。

「――おい！」

すると、車道のほうから声がする。

「おいこら、そこの年増っ」

誰に呼びかけているのだろう。いや、ひょっとして。

振り向いてなるものかと咄嗟に思ったのは、若干ハスキーなその声に聞き覚えがあったからだ。絶対に立ち止まってやらない。そんなの、年増を認めたことになる。

声を無視して、大股でずんずん進む。

すると向かって右方向、沿道に一台の乗用車が滑り込んできた。日本国内ではあまり見かけない、米国産の電気自動車……最新型だ。やはり、と思ったときには、運転席の窓から覗く若い男と目が合っていた。

延だ。

「今、帰りだろ。アパートまで送ってやるよ」

「……それ、わたしに言ってるんじゃないよね。さっき、年増って言ったものね」

「なんだ。聞こえてたならすぐに振り向けよ」

「まったく失礼なんだから！」

「図星だろ」

綺麗な顔で、得意げに笑ってみせる。

さらりと額にかかる前髪に、強い意思を宿した丸い瞳。顔立ちは高校生のようなのに、なんとなく色っぽく見えるのは、いたずらっぽい表情の所為だろうか。スーツを難なく着こなし、慣れた手つきでハンドルを操る仕草は、すっかりさまになっている。

「とりあえず乗れば？」

「結構よ。わたしを送ったら遠回りになっちゃうじゃない。ていうか、こんなところでどうしたの？　大学も職場も、この辺じゃないでしょ」

「なんでもいいだろ。たまたま、その、通り掛かっただけだよ、別に」

「たまたまって……あ、もしかして外回り？　一旦帰社しなくていいの？」

「いいから、とっとと乗れって。後続車の迷惑になる」

語尾に重なって、甲高いクラクションの音が響いた。後続のトラックは、追い越しができずに苛立ちもあらわだ。だから言っただろうが、とばかりに手招きで急かされ、紗英は慌てて助手席に乗り込んだ。

＊　＊　＊

延——相賀美延《おうがみ》はようやく二十歳になった。

十八で成人を迎えた身だが、数字が繰り上がった最近、やっと実感が伴った。

「すみません、リーダー。明後日、飛び込みで僕もプレゼンさせてもらっていいですか。インフルエンサーを使ったマーケティングに関してなんですが」

「はい、いや、ああ。もちろんかまいませ……かまわないよ、相賀美くん」

「ありがとうございます。頑張ります！　まずはこれ、資料の叩き台です。当日までに、もう一度ブラッシュアップしてくるつもりです」

「へえ、もう形になってるのか」

目を丸くしたマーケティング部第三課Bチーム長の考えは、なんとなく読める。

御曹司なんだからそんなにがむしゃらにやらなくても、あるいは、インターンなのにプレゼンなんて張り切らなくても、といったところだろう。

確かに、相賀美家はここ『王美堂《おうみどう》』——日本を代表する化粧品メーカーの創始家であって、延は生まれたときから将来を約束された身だ。のんびりしていても、いずれは代表取締役だ。必死になる必要は、これっぽっちもない。

しかし延は焦っていた。無我夢中だった。

一日でも早く仕事に慣れ、一刻も早く一人前になりたかった。

紗英に、振り向いてもらいたくて。子供ではなく、男として見てもらいたくて。

（やっべえ、遅くなった。間に合うか？　改札を通られたらアウトだぞ）

退社後、駆け足で社屋を出ると、愛車で一路郊外を目指す。

刻々と暮れていく街並み。信号待ちでイライラしながらハンドルを手慰みにし、使える近道はすべて活用する。そうして街路樹の下を歩く紗英の後ろ姿を見つけたときには、安堵のあまり長い長いため息が漏れるほどだった。

素直ではないから、年増などと呼んでしまったが。

「本当に送ってもらっていいの？　そこの駅で降ろしてくれてもかまわないのよ」

申し訳なさそうに前方を示す手を、横目でチラと見る。

「送るっつってんだろ。大人しく乗っとけよ」

短く切り揃えられた爪も、マメだらけの指も、飾り気なんてさっぱりないのに、どきっとさせられる。仕草ひとつで、どうしてこんなに揺さぶってくるのだろう。デニムパンツに黒のダウンコートという洒落っ気のなさも、かえって色っぽいと感じてしまう。重症だ、とは、もちろん延は自覚している。

もう十年だ。

人生の半分以上を、紗英に恋して生きてきた。

「いいの？」

「しつこい」

降ろしたら焦って車を飛ばしてきた意味がないではないか。

そうだ。外回りのついでで、だなんて嘘だ。今日は雪の予報が出ていたから、帰りに紗英が寒い思いをしないようにと、わざわざ迎えにやって来たのだ。

しっかりしているように見えて、紗英はいまいち己に無頓着だから。

「……じゃあ、お言葉に甘えて。ありがと」

不服そうな返答がなんだか少女っぽく聞こえて、延は内心、悶えに悶えた。

可愛い。かわいい、かわいい——なんなんだよオマエ、俺を殺す気か。いっぺん抱き締めさせろ。最高かよ。などとは、天地がひっくり返っても言えないが。

とくに、本人が聞いている状況では。

（クソっ、運転中でなければガン見するのに）

素直にはなれなくても、延は紗英に首ったけだ。

本当は、時間が許す限り、紗英と一緒にいたい。一分一秒だって、離れていたくない。独り占めしたいし、してほしいと思う。それから歯が浮くような台詞も山ほど囁きたいし、テンプレなイチャイチャだって、ものすごくしてみたい。

もしも両想いになれたら……という不毛な空想なら、何千回、何万回とした。

自分でも、気持ち悪いなコイツ、と思うくらいである。

「それにしてもさ」

紗英は助手席のシートに埋もれ、ため息混じりに言う。

「相変わらず、御曹司やるのは楽じゃないのねぇ」

「あ？　なんだよ、唐突に」

「だって。普通のインターンなら、こんなところまでひとりで外回りに来させられたりしないでしょ。ちゃんと寝てる？　食事だけは抜いちゃだめよ」

母親のような口ぶりだ。が、かまわれるのは悪い気はしない。いや、嘘だ。

かまってもらえて死ぬほど嬉しい。もしも延が犬ならば、尻尾をぶんぶん振って飛びついた挙句、お腹を見せて寝転がっているだろう。

「問題ねえよ。食事も睡眠も抜いたらパフォーマンスが落ちるからな」

スンッとしてしまうが。反射的に。

「そう。ちゃんと食べて、休めてるならいいの。己を過信しちゃダメよ。若いときはそれでなんとかなるかもしれないけど、いつまでも若いままじゃないんだから」

「……わかってる」

過信しているのは紗英のほうではないか。この寒さの中、防寒具はダウンジャケットだけだなんて——文句を言いたくなるのは、若い若いと連呼されたからだ。

そんなに子供扱いをするな。

「あ、口うるさい奴だって思ってるでしょ」

「別に」

「言っとくけど、わたし、延のこと認めてないわけじゃないのよ。大学に通いながらインターンにも精を出して、誰より努力してることは、すごいと思う」

「……誰より、ってわけじゃねーし」

思わず口もとが緩みそうだった。

紗英の一言一句に、簡単に上がったり下がったりさせられるチョロさが悔しい。

「わたしが知ってる誰よりも、よ。本当にすごいわ」

左から頭を撫でられそうになって、延は咄嗟にその手を払い除けた。

照れと、恥ずかしさと、徹底した子供扱いへの反発と——まったく、二十歳の男をなんだと思っているのか。頭ナデナデなんて、小学生と同じ扱いではないか。

しかし「なによぅ」と不満げな声を聞きながら、ほんの少しだけ後悔する。

触れてもらえばよかった。ほんの一瞬でも、紗英の体温を感じられるチャンスを、自ら棒に振ってしまった。今週一番のがっかりだ。

（進歩ねえな、俺……）

十年前──。

延は十歳の小学四年生だった。

かたや大学一年生の紗英は、百七十センチの身長も手伝って大人に見えたものだ。

当時、延は大人なんて敵だと思っていた。自由気ままな振る舞いを制限してくる、目障りな存在でしかなかったからだ。すると紗英は、さながら両親から差し向けられた新たな刺客。断固、懐柔されてなるものかと即刻、敵視した。

幼少期から、延はやんちゃだった。

親の財力や権力を傘に、やりたい放題だった。

両親ともに忙しく、周囲にきちんと叱ってくれる大人がいなかった……というのは見事にグレる御曹司のテンプレで、ガキ大将にありがちな取り巻きだって、わんさかいた。

幼稚園受験も、小学校受験も、あえて失敗してやった。

親が敷いたレールになど、死んでものってやるものかと思っていた。

だから、初めて訪ねてきた紗英の前で教科書をズタズタに破り、こんなもんいらねえよ、俺は上級国民だからさぁと言い捨てた――途端、背負い投げで鎮圧された。

『もっぺん言ってみな、こんのクソガキが』

投げられたのが初めてなら、罵られたのもそのときが初めてだった。

『なんっ……なんなんだよ、おま……っ、ゴリラ女！』

『寝技も味わいたいようね。お望み通り、固めてやるわ』

『ちょっ、やめっ……ぐあっ！』

『ふはははは、記念すべき初めての生徒がやりがいのあるタイプでなによりだわ』

それまであてがわれた数多の家庭教師と、紗英はあまりに違っていた。

柔道黒帯、空手の経験者、さらに水泳と持久走は都大会の新記録を持つ。迫力の美人かつ頭のほうも優秀で、通っているのは某難関国立大学の教育学部ときた。

どこでこんな化け物じみた人材を発掘してきたのかと思ったら、どうやら『王美堂』が代々御用達にしている和菓子店『くすのき』の孫娘なのだとか。

その後もどうにかして授業を放棄しようと、あの手この手で逃亡を試みたが、毎回、首根っこを掴まれて引っ張り戻された。やり返そうとしても腕っぷしで敵わず、ましてや教え方が案外うまいのも癪で、とにかく目障りで、気に入らなくて。

それで――。

腹が痛いとSPを騙し、ある日、学校のトイレの窓から逃げた。

二、三日は雲隠れするつもりだった。考えが甘かったので、父親名義のカードさえあれば、優雅にホテルステイでもして時間を潰せるだろうと思っていた。
想像もしなかったのだ。

まさかその直後に誘拐されかけ、紗英に一生消えない傷を負わせてしまうとは。

『……大丈夫。わたしなら、絶対に大丈夫だからね』

朦朧としながらそう言った紗英の手が、震えていたことを延は覚えている。

本当は痛いくせに、怖いくせに、笑ってくれた。悪いのは延なのに、そんなことは誰が考えても明らかなのに、負い目に思うなと言ってくれた。

あの瞬間から延には、紗英以外、見えない。

「そうだ、ねえ、延」

「あ?」

「ラーメン食べに寄らない？　こないだ、美味しい立ち食い店を見つけたの」

「……俺を立ち食いラーメン店に誘う女は、おまえくらいだからな」

「嘘でしょ。じゃあみんな、普段どんな店でなに食べてるわけ？」

「おまえにとっての外食はラーメンだけか。……まあいい。奢るよ」

今夜こそ奢らせせろよ。

そう言うつもりだったのに「何言ってんの！」と遮られた。

「誘ったのはわたしなんだし、学生さんに払わせたりしないわ」

「単なる学生と一緒にすんじゃねぇよ。俺だって、一応は」

「働いてる、って？　でもね、学業と両立してやっと得た収入は、自分のためにこそ使われるべきよ。そんなに気を遣わないで。わたしのほうが十歳年上なんだし、こう見えてそれなりに稼いでるんだから。ねっ」

宥めるように右肩を叩かれて、ムッとせずにはいられない。前と言ってることが違うじゃねーか、というのは子供っぽいケチの付け方だろうか。

だが、忘れもしない。

『奢るって言葉はね、自力で稼げてから言うものなの』

そうピシャリと言われたのは、高校一年生の夏だ。

夏季休暇に入る直前、受験戦争に勝った爽快感が尾を引く中で、どっか連れてってやろうか、俺が奢るから、と紗英に持ち掛けた。

海でもテーマパークでもいい。本音を言えば一泊がいい。

つまり思い切った、デートの誘いのつもりだったのだ。

しかし、豪快に眉を顰められた。

『あなたのお小遣いは、ご両親から与えられたものでしょう。大事にしなさい』

『小遣いじゃねえよ。貯金だ、貯金』

『アルバイトもしてないんだから、同じことよ。延、まさかとは思うけど、お友達にもそうやって簡単に奢ってあげたりしてないわよね？』

『なんだよ。生まれ持った環境を有効活用して、何が悪い』

小学生の頃から、友人たちとつるめばいつも、財布を出すのは延だった。

たかられているという感覚はまったくなかった。あるから出す、それだけだ。

あの頃は、まだまだ物を知らぬ子供だったと延は思う。

汗水垂らして手に入れる、数百円の重みも知らなかった。

孤独感も、持てるものゆえの重圧も、生まれ持った環境の所為であって、それを相殺するぶんの贅沢は許されるだろうと思い込んでいたところもある。

ましてや当時は、金持ちばかりが集う私立中学に通い始めたばかり。金銭感覚が、余計に麻痺していたのかもしれない。

『あのねえ』

紗英はため息をついた。

『損得なしの友情を築けるのは、学生の特権よ。そもそも青春って、お金をかけなくても楽しめるものなんだから。それなのに、無駄にばら撒きなんて続けてたら、お金目当ての人間しか寄ってこなくなるわ』

『学生だって損得勘定くらいするさ。人間なんて、皆そんなもんだろーが』

売られてもいない喧嘩を買いに行く勢いで言い返す。

デートの誘いに失敗したのは明らかで、悔しいやら悲しいやら、半ば自棄だった。

『もう、ばかっ！』

すると紗英は途端に、きゅっと眉を吊り上げる。

『わたしはね、延のいいところをいーっぱい知ってるわ』

『……は……？』

『そうやって悪ぶってても、素直に人の意見を聞くところとか。ツンケンしてても優しいところとか。なんだかんだ、努力してやり遂げるところもね。そういうのが全部、お金の陰に隠れちゃったら勿体ないって言ってるの！』

一瞬、ぽかんとしたあと、延はジワジワと頬が熱くなるのを感じた。

なんだ、こいつ。俺の金遣いの荒さが目について、突っかかってきたんじゃないのかよ。

これじゃ、ただ心配されているだけのような――いや、そうなのか。

あんな生意気を言ったのに、案じてくれるのか。

親でも家族でもないくせに、そこまで見ていてくれたのか。

『う、うっせぇ』

天邪鬼な口はそれしか発しなかったが、密かに延はときめいていた。

胸のあたりをぎゅうんっと、鷲摑みにされているかのよう。

（ちくしょう。完全に不意打ちだ……っ）

素直かつ単純な延は、以来、奢るという行為を封印した。ついでに、ばら撒くように無駄金を使うのもやめた。それで離れていく人間もいたが、それならそれでかまわなかった。世界中で一番、認めてもらいたいのは紗英だったから。

そして決めた。

いずれ己の力で稼ぐようになったら、そのときこそ紗英に奢る。親の金ではなく自分の金ならば、無駄に使ってもいいとか思っているわけじゃない。

子供扱いされているうちはできなかったことをして、大人だと認めてもらう。そして、あのときは子供だったよな、と数年越しの反省を口にしたいとも考えていた。

それなのに――。

学生さんには払わせられない？　まだ、認めてくれないのか。

いっそ大学を辞め、仕事に専念すれば社会人として認識してもらえるのか。

いや、それこそ紗英は喜ばないだろう。

一念発起して中学受験に挑んだときも、外部の難関大学を志望すると決めたときも、一番近くで応援し、力になってくれたのは紗英だった。

「……じゃあ俺、辛味噌チャーシュー味玉ダブル大盛りと海鮮餡かけチャーハンな」

ハンドルを切りながら言えば「はっ!?」と紗英が身を乗り出す。

「それ、三千円超えじゃないっ。ちょっとは遠慮しなさいよ！」

「稼いでるって豪語したのは、どこのどいつだか」

「わたしの財力と、延の傲慢さは別問題なんですぅ」

ぶすっとしたのは一瞬だ。

まいっか、と呟いて、紗英はラーメン店近くのコインパーキングを案内してくれる。

文句を言っても、けろっと切り替えられるのが紗英のいいところだと延は思う。裏表のないこのあけすけさに、これまで何度救われただろう。

あのとき家庭教師になったのも、誘拐犯から助けてくれたのも、どちらも紗英以外の誰かだったら、今の延はない。それは確実だ。

運転席を降りたら、駆け寄ってきた紗英に右手を摑まれてどきっとした。

「早くっ。この時間、油断したら行列できちゃう！」

引っ張られ、住宅街を走り出す。

ひと気のない細道は薄暗く、角々に灯る街灯だけがふたりの道標だ。その灯りの下を通り過ぎるたび、綺麗なつむじが延の視線をくすぐった。

かつて大人だと感じた長身の人に追いつき、追い越したのはいつだったか。

奇跡のように繋がれた手が予想以上に華奢で、頼りなく冷えていて、延はたまらない気持ちになる。守ってやりたい、なんて月並みだけれど思う。

いつまで追いかければいい？　いつになったら、男としてその目に映る？

叶わぬうちに、ほかの男に掻っ攫われたらどうする。焦るなと言われても、無理だ。早く一人前になりたい。早く、早く――紗英と、対等な関係になりたい。

（いや。対等なんて、おこがましいか）

延は知っている。

小学校教諭を目指していた紗英が、あの誘拐未遂事件の所為で道を閉ざしたことを。あっけらかんとしているように見えるが、紗英は額の傷痕のほかに、心に消えない傷を負っている。いわゆる、トラウマというやつだ。

教室にいる生徒が、二、三人なら問題はない。しかし二十人、三十人となると過呼吸になり、みるみる意識を失ってしまうらしい。

そう『くすのき』の主人に聞いた。

トラウマの原因が、誘拐犯の男たちに囲まれた経験にあることも。

腕っ節がいくら強くても、やはり怖かったのだ、紗英は。大勢の人間から注目されると――たとえそれが小さな子供だとしても、心が体にストップをかける。

初めての生徒だと言ってくれたのに。

教え方もうまくて、こんなに愛情深くて、いい教師になれただろうに。

「セーフ、まだ今日は行列が長くないっ。ああ、お腹空いた！　よし、今日は私も大盛り食べちゃう。味玉ダブルで、チャーシューも倍よ。あと餃子ね」

「俺より食ってどうすんだよ。贅肉増えるぞ」

「うるさい、うるさーいっ」

数秒置いて、ふはっと噴き出す横顔がきれいだ。

紗英が大学を辞めたあと、延はその額の傷痕を消そうと画策したことがある。

トラウマを負わせ、夢を奪い、さらに顔に酷い痕まで残しては、あまりに申し訳ない。両親に、代金は出世払いにしてくれと頼み、美容整形を提案してもらった。

だが紗英は、やはりそのときも『大丈夫』と笑顔で受け入れなかったそうだ。

それどころか、相賀美さんも被害者なのに、と気遣われたと母が言っていた。

だから延は、死んでも申し訳ないなどとは思わないと決めている。あの事件のことは――たとえ紗英が、負い目に感じるなと言ってくれなかったとしても。

(俺が過去に囚われていたら、前向きに生きている紗英に失礼だからな)

いずれ、弱い部分まで曝け出してもらえるように。大丈夫ではないときに大丈夫と言わせないように。この胸で、きちんと泣いてもらえるように。

その背中に守られたことを、誇りに思って強く生きたい。

＊　＊　＊

ラーメン丼から溢れんばかりのラーメンを、紗英は十分あまりで完食した。

今日も美味しかった、満足感すごい、カロリーは考えない、それと実は一昨日も同じ店で同じものを食べたことは、延には黙っておこうと密かに思う。

食事どうのと俺の世話を焼くくせに、自分は暴飲暴食してんじゃねえか——と文句を言われること請け合いだからだ。反論できそうにもないし。

「すごい。このティント、あんなに飲み食いしたのに落ちてない……」

帰路、助手席で手鏡を覗き込み、紗英は感動していた。化粧直しのときに塗ったルビーレッドのティントリップが、まだ鮮やかに発色している。

流石は天下の王美堂だ。

アジアで最も売れている化粧品メーカーなだけはある。

「だろ。製品開発部の自信作だからな。でも、色の持ちを優先するとどうしても強めの成分になる。唇が荒れるってレビューも散見してるくらいだ。とはいえ、保湿成分に重きを置くと今度は色が長続きしなくなる」

「わかる！　密着度が高いと、乾燥しやすいのよね」

「王美堂は、ブランドイメージを守るために発色重視にせざるを得ない。けど、ストレスフリーな肌への優しさ特化ラインてのもあっていいよな」

二十歳になって、インターンとして働き始めてからの延は、本当に仕事熱心だ。

自社製品に精通しているのはもちろん、競合他社のリサーチも欠かさないし、最近では最新のメイクグッズなどにもアンテナを伸ばしている。

小学生の頃、さんざん悪ぶって両親に反発していたのが嘘のよう。将来はきっと、いい経営者になると思う。大成功の暁には、いずれビジネス雑誌か何かの取材を受けて、恩師として紗英の名を挙げてくれたり――は、期待のしすぎか。

「あ、クソ」

するとしばらく行ったところで、延が苦々しそうに舌打をする。

「どうしたの？」

「やっちまった。春の新作、自宅に用意してあったのに置いてきた……」

春の新作、というのは王美堂の製品のことだろう。

最初に化粧品一式をプレゼントされたのは、家庭教師として初めて相賀美家を訪れた日だ。延の母親が、授業のあと（背負い投げで延を黙らせたにもかかわらず）に「息子が申し訳ありません」と持たせてくれた。

当初はそれだけだった。

毎シーズン、新作をもらうようになったのは、紗英がメイク動画を公開し始めてからだ。わざわざ買うくらいならやるよ、とのことで、両親にも許可を取ったうえで、延が紗英に似合いそうな色を見繕っては届けに来てくれる。

ありがたいことだ。

そんなわけで、紗英は王美堂とビジネスの関係にあるとかではない。スポンサー契約はしていないし、マーケティングに参加したこともない。

延から受け取ったコスメに関して、レビューは正直に公開している。

そう、自費で購入しているほかのコスメと同様に。

企業の思惑通りに記事を書くのはＰＲになるが、自由に感想を発信するぶんには、その範疇ではない。いわゆるステマにもあたらないよう、細心の注意を払っている。

「じゃあ、先に紗英をアパートまで送る」

アクセルを踏み込みつつ、延は言う。

「先にって？」

「新作は、玄関前に届けておく。チャイムは鳴らすけど、おまえ、風呂入ったりするだろ。直接受け取らなくてもいいから」

「ちょ、ちょっと待って。これから、うちと延のマンションを往復する気なの？」

「なんか文句あんのかよ」

「文句も何も、そこまでしなくていいわ。一時間近く掛かっちゃうじゃない。化粧品なら腐るものじゃなし、また次に会ったときにでも渡してもらえない？」

「腐りはしなくても、旬ではなくなるだろ。おまえ、こないだの動画でドラコスの春の新色をずらっと並べてたじゃん。次はデパコスでやるんだろ、それ」

お察しの通りだ。

金銭なんて一切絡んでいないのに、なんという細やかな気遣いだろう。

延がそこまで気にしなくても、とは、喉もとまで出掛かったが言わずにおいた。せっかく用意してくれたものを、これ以上、遠慮するのも申し訳ない。

「……わかった。じゃあ、延のマンションに先に寄りましょ。往復するより早いはずよ。わたし明日は休みだし、遅くなっても全然平気だから」

直後、進路を変えた車に揺られ、紗英は密かにため息をつく。

（ほんと、口は悪いくせに人がいいのよね、延は）

二十歳の学生なんて、世間一般では遊びたい盛りだろうに。紗英だってその頃――大学在学中は、しょっちゅう友達と集まって呑み歩いていた。

とくに延は、ただでさえ学業にインターンにと忙しい。プライベートの時間は、とても貴重なものなのだ。それなのに。

しかし延は、中学、高校時代もこんなふうだった。

時間さえあれば、紗英を訪ねてくる。空いた時間はすべて、紗英のために使おうとする。だからモテるはずなのに、延が恋人を作った、という話は聞いたことがない。

そろそろ家庭教師離れしたら？　と言ったことが何度かある。

毎回、おまえはもう家庭教師じゃねえだろ、と返される。

だったら姉離れでもいいわよ。このままじゃ寂しい青春時代になっちゃうわよ。そうだ、マッチングアプリとかやってみたら？　うっせ、おまえ、姉でもねえじゃん。じゃあ近所のお姉さんにしとく？　どこが近所なんだよ。俺はな、姉でもご近所でもなく、紗英のこと……。ちょっと延、揚げ足取りはそれくらいにしなさいよ。揚げ足なんか取ってねーよ。

クソ、この鈍感年増女！

なんていう具合に、言い合いになること数十回。

（いい加減、潮時だと思うのよね）

ここ数年は、ずっと考えていた。そろそろ手を離さなければと。

大学を卒業すれば、延は社会人だ。

それも、一般的な社会人じゃない。

いずれ王美堂を背負って立つ者として、なすべきことが山ほどある。そしてそれは何ひとつ、紗英からは教えてあげられない。もともと住む世界が違うのだ。

少年の頃から成長を見守ってきた延が、遠い人になってしまうのは寂しいが――。

これ以上、延の大事な時間を奪うわけにはいかない。

「どうぞ、上がれよ」

延のマンションに着くと、紗英は車を降りて最上階までお伴した。

本当は部屋に上がるつもりはなかったのだが、そうしなければ延は紗英を待たせまいと、部屋まで走って往復しかねない勢いだった。

「ここ、お邪魔するの初めてよね。失礼しまーす」

廊下の左右には、開け放たれた扉がいくつか並んでいる。

寝室と、客間と、洗面所……間取りは2LDKといったところ。どの部屋も極端に物が少なく、かつ掃除が行き届いていて売物件のよう。

いくらなんでも綺麗すぎるから、家政婦でも出入りしているのかもしれない。

「案外、ちゃんとしてるのね」

「案外は余計だ、案外は」

「だって、実家にいた頃は散らかし放題だったじゃない。お手伝いさんの掃除が間に合わないくらいに。とくに大学受験の追い込みのときとか、お母さまからヘルプに呼ばれて行ったら、足の踏み場がなくてびっくりしたわ」

「あれは受験前だったからだよ。紗英、コーヒーでいいか？」

「淹れなくていいわよ。目的さえ果たしたら、すぐに帰るし」

そう言ったのに、延はキッチンにたどり着くと、さっさとコーヒーメーカーをセットしてしまう。これで最低十五分は滞在しなければならなくなった。

もう、と小さくため息。

早く紗英を送り届けて、早く休めばいいのに。とは、また言い合いになってしまいそうだから言わないでおく。もう二十二時だ。騒いだら近所迷惑だろう。

だだっ広いリビングダイニングへ行き、ベランダに続く掃き出し窓を覗く。

見事な夜景が、まるで果てなんてないみたいに広がっている。

大小、角度もそれぞれ異なるビル群は、子供が雑に並べた積み木のようだ。屋上に灯る赤いランプが、近く、遠く、またたいて遠近感を狂わせる。

「ね、ひとり暮らし、慣れた?」

コーヒーメーカーのゴボゴボという音を聞きながら、背中で問う。延はキッチンに立ったまま「まあな」と答える。

「慣れたっつーか、なんつーか。ここに戻るのは、寝るときくらいだし」

「ええ? 食事は? 勉強は、どこでしてるの?」

「メシはたいがい外。時々は、実家に顔を出して食ってる。勉強は会社の休憩室か、大学近くのカフェか、学食か……自炊もしたいけど、時間がなくてさ」

「大変じゃない。実家、戻ったほうがいいんじゃない?」

世話を焼きすぎかと思いつつも、言わずにはいられなかった。このマンションは駅直結で交通の便はいいけれど延がもともと暮らしていた実家のほうが、大学にも本社にも近い。

「戻らねーよ」

しかし、延はボソボソ言う。

「実家暮らしじゃ、小学生の頃から進歩ないみたいに見えるだろうが」

「え？」

「なんでもねえし。ほら、これ」

歩み寄ってくるのが窓に反射して見えて、振り返る。差し出されているのは、王美堂のロゴマークがサイドにプリントされた、長方形の小ぶりな紙袋だった。

「ありがと」

受け取って中を覗けば、底のほうに箱がいくつか収まっている。クッションファンデーションの新しいコンパクトと、アイカラー、チークにリップ。

「次の動画で使うわ。新色、楽しみっ」

「おう」

部屋には、コーヒーのいい匂いが充満している。紗英がいつも自宅で飲む、インスタントコーヒーとは明らかに違う。芳醇で、品のいい香りだ。

延はキッチンへ引き返し、冷蔵庫を開けたり、戸棚を覗いたりしていた。お茶請けなんもねーな、とか言いながら。

「……あのさ、延」

「ん？」

言おうか、どうしようか。

呼び掛けてから数秒迷ったものの、思い切って告げた。

「こういうの、もう、やめにしない？」

手に持った紙袋を一旦、足もとに置く。なりゆきでここまで来てしまったけれど、考えてみればこんなふうに改まって話せる機会は、そうそうない。

今夜を区切りにさせてもらおう。

どこかでけじめをつけなければ、いつまで経っても先へ進めない。

「やめるって、何をだよ」

「化粧品を分けてもらうのも、こうやってふたりでつるむのも。わたしたち、別に血の繋がりがあるわけでも、気の合う友達ってわけでもないでしょ？　ただの、元家庭教師と教え子ってだけ。ましてや、利益が絡んでるってこともないんだし」

数歩前で、延がゆるりと振り向く。

「それ、マジで言ってる？」

「マジも何も、大真面目よ。ご両親にも伝えてもらえないかな。今までたくさんいただいてしまってすみませんでしたって。これからは、ちゃんとカウンターで買いますって。わたしね、動画でもそこそこ稼げるようになってきたし、ちゃんとしたいのよ」

「これっきり、俺と縁を切ろうってのか」

「縁を切るって、そんなに大袈裟なことじゃないの。たまに電話したり、メールを送り合ったりするのはいいと思う。でも、これまでみたいに二週間と置かずに顔を合わせたり、しょっちゅう車に乗せてもらうのは、どうかなあって」

「……もしかして、男でもできたのか」

「なんでそうなるの。見ればわかるでしょ。この通り、おひとりさまも堂に入ってきた今日この頃よ。まず出会いがないんだから、相手がいるわけないじゃない」

どうしてこんなことを夜分に力説しなければならないのか。

急激に虚しくなってくる。いっそ、嘘でも結婚を考えているとか言えばよかった。

(まさかこんなに食い下がられるとは……ううん、わからないこともないけど)

家庭教師として出会ったばかりの頃――。

彼の両親は揃って忙しく、延の側にはSPと数人の家政婦しかいなかった。

全員、優秀すぎるほど優秀な人たちだ。顔を合わせるたび、その手際のよさに感服させられたほど。けれどプロフェッショナルであるがゆえに、彼らはきっちりと、己が仕事だけを機械的に全うしているように、紗英には見えて……。

延はひとり、蚊帳の外という印象だった。

誰とも、心の通わない場所にいた。

紗英とは、例の事件含め、すったもんだがあったからこそ分かり合えたのだ。理解者を失うような、避難先が遠ざかるような、そんな気持ちなのだと思う。

「だったら、なんで俺から離れていこうとするんだよ」

「なんでって、そりゃ、だって、延は天下の王美堂を背負っていく人でしょ」

「そんなの関係ねえだろ」

「関係ないわけないじゃない。延には、立場に見合った立派な人になってもらいたいのよ。時間は有限なんだから、こうやって無駄に使うんじゃなくて、もっと……」

「時間を無駄にはしていない。そのために早期インターンを希望したんだ」

「だからこそよ。毎日忙しいのに、わたしのことまで気に掛けなくていいの。ちゃんと息抜きして、自分を大事にして、それで将来のために本当に必要なことを」

「将来のことなら考えてる。おまえに心配されなくても大丈夫だ」

それは、まだ本格的に社会に出ていないから言えるのだと紗英は思う。組織に属することと、組織を率いることは明確に違う。責任の大きさも、負い方も違う。

それなりの立場の人と交わったほうが、延のためになる。ましてや延は、早々に周囲を追い越して出世するのだろうし、無駄にできる時間なんてない。

（頑張ってるのはわかるのよ。わかるからこそ……）

足を引っ張りたくないのだ、紗英は。

頭を一気に回転させ、どう説得すべきか考える。そしてひとつ、思いついた。

「あ、あのね。実は、オファーをもらったの」

「オファー？」

「そう。外資系の、ロゴを組み合わせた丸いマークのブランドあるでしょ。そこから出してるメイクアップラインのね、美容部員の講師になってもらえないかって。専属契約となると、ほかのメーカーの化粧品を公に使うのはＮＧじゃない？」

「したのか、専属契約」

問う顔からは、血の気が引いている。この世の終わりだとでも言いたげだ。

そこまでショックを受けることだろうか。とは思いつつも、これまで無償提供を受けていた身で突然他社と組もうと言うのだから、道理にかなわぬのは紗英のほうだ。

「ええと、その、まだ、はっきり決まったわけじゃないのよ」

「まだサインはしていないんだな？」

「うん」

「だったら、俺だって次のプレゼ――」

「でもね、ローンチパーティーには行くつもりなの。ちゃんと、前向きに考えようって思ってるの。ほら、講師となると、たくさんの生徒を前にしなきゃならないじゃない？　十年前はできなかったけど、今なら」

今なら、できるかもしれないし。

いや、できなければならないのだ。十年も経ったのだから、いい加減に。

「ちゃんと乗り越えたところを、延にも見てほしいって思う」

「……」

「それに、ほら！　パーティーなんて出会いの宝庫でしょ？　セレブもたくさんいるだろうし、ふふ、アラブの王族に見初められちゃったりして……」

茶化したのは、延が暗い顔をしたままだったからだ。どうにかして、笑ってもらいたかった。が、延は大股で歩み寄ってくる。突然、腕を摑まれた。

両方の二の腕を左右から、体ごとしっかりと捕まえるように。

「言うな」

低い声にどきっとして見上げれば、切なげな瞳が紗英を映して揺れていた。

「それ以上、言うな。なんなんだよ、おまえ。わざとやってんのかよ」

「え……延？」

「知ってるか？　ルージュってのは一説によると、悪魔除けが起源らしい。その赤さで、魔物が体に取り憑くのを避けようとしたわけだ。でも俺には、時々、おまえの唇そのものが悪魔にしか思えないことがある」

何を言っているのだろう。紗英にはさっぱり理解できなかった。けれど延の表情はみる

みる苦悶に、やるせなさそうに歪んでいく。

こんな顔を見るのは、十年ぶりだ。

あの事件のときも、手負いの紗英を見下ろして、延のほうが苦しそうだった。

原因は、紗英だろうか。いや、そうとしか考えられない。どうにかしてやりたいのに、皆目見当がつかない。そうして狼狽えていると、視界にふっと影がさした。

直後、焦点より近くに、延の顔。ぼやけていても、際立つ眼光。と、油断し切っていた唇が、かさついた体温に覆われて——。

キス。

悟っても、動けなかった。

信じられなかった。現実とは、思えなかった。だって。

「……いい加減、気付けよ」

掠れた涙声のあと、重ね直される唇。

舌を押し込まれて反射的に顎を引いたが、逃げられなかった。噛み付くように口づけられ、強引に顎を浮かされる。後退しようとしても、動けたのは半歩だけ。

後頭部に手を添えられ、口内へ攻め込まれる。

頭がちっとも追いつかなくて、眩暈がする。

2　御曹司、ヤケになってやらかす

必死になって抵抗したはずだ。

担がれて寝室へ運ばれる間も、ダウンコートやニット、デニムパンツを脱がされているときも、下着を剝ぎ取られたときだって、決して手加減していたわけじゃない。何度か横っ面を叩いてやろうとしたし、鳩尾を狙い、膝蹴りを入れようともした。

けれど、敵わなかった。受け身を取ることも許されなかった。

「や、え、延っ……こら、イタズラもいい加減に……っ」

剝き出しの乳房を左腕で庇い、右手で目の前の肩を叩く。掌で、それから拳でも。

力いっぱい打ったつもりだが、延はびくともしなかった。それどころか、スーツのジャケット越しにしっかりした筋肉を感じて、かえって困惑させられてしまう。

「この期に及んで、まだそんなふうに言うのかよ」

「だって、こんなの、なんの冗談――」

「おまえさ、イタズラとか冗談でこうなると思ってんの」

右手を摑まれ、導かれたのは延の脚の付け根だ。

みっちりと張り詰めたものが、手の甲にグッとあてがわれてぎくりとする。慌てて手を引っ込めたが、心臓が壊れそうだった。

「予想もしてなかったって顔だな。でも、悪い。俺は男だから」

「お、とこ」

「そう」

ドクン、ドクン、と耳もとでうるさいくらいに脈が打つ。

「現実を直視しろよ、紗英」

両手を捕まえられ、咄嗟に振り解こうとしたが、あっけなく体の左右に退かされた。隠せなくなった両胸は、体の上でふるんと無防備に揺れる。

「な、何すんの……っ」

全身で抗ってみたものの、形勢は覆らなかった。

十年前なら、簡単に投げ飛ばしてしまえた。あるいは寝技に持ち込んで、参ったと言わせるのも容易かった。柔道を辞めて十年、ブランクがあるとはいえ技を忘れたわけじゃない。倉庫の仕事で、筋力も維持してきた。

それなのにどうして、敵わない？

「……離しなさい！」

認めたくなくて声を荒らげれば、両腕を掴む手に力がこもった。

「そうかよ。そんなに、わからせてほしいのかよ」

逃げ出すこともできないまま、左胸にかぶりつかれた。

やんわりと食い込む前歯に、思わず震える。みるみる肌を這う生温かさに、上げそうになる声を必死で嚙み殺す。甘い声なんて、絶対に漏らすわけにはいかない。考えただけで、後ろめたくて消えたくなる。

「ふ……っ」

先端を舐められても、膨らみに頰ずりをされても、我慢した。

無反応でいれば、つまらなくなって放り出されるはずだ。そう思った。

しかし延は離れない。むしろ意地でも声を上げさせてやるとばかりに、じゅうじゅうと音を立てて胸全体をむしゃぶり尽くす。

(どこで覚えたのよ、こんなこと)

情熱を塊のままぶつけるような愛撫は、荒っぽいのに、いい加減ではない。身じろぎひとつせずやり過ごすつもりでも、腰が浮いてしまう。

盛んに捏ねられた胸は張り始め、吸われた先端が硬く立ち上がる。

それでも唇を引き結んで耐えていたら、おもむろに秘所を撫でられた。

「っ……！」

ビクッとそり返る背中。いけない、と急激に危機感が増す。

そこはだめだ。慌てて太ももを閉じ、寝返りを打って逃げようとする。

またも阻まれるかと思いきや、ころりと左に転がされた。うつ伏せの体勢になった途端、膝の間に入り込まれて、さっと血の気が引く。

失敗した。

今度こそ、逃げ場がない。

柔道なら身を固くして石になるところだけれど、この状況でそれは悪手だ。枕もとにも余裕がないから、上に体をずらすこともできない。

「そろそろ気が済んだでしょ？　ね、終わりにしよう？」

ダメもとで、説得を試みる。これ以上、打てる手は思いつかなかった。

「ねえってば」

返答はない。

代わりに聞こえてきたのは、バサバサと服を脱ぎ捨てる音――続けて、ふたたび後ろから脚の付け根を探られる。とろりとぬめる感触に、ショックで呼吸が浅くなる。

「おまえだって、まんざらでもないくせに」

「ち、がう」

違う、違う、違う。

そんなわけがない。認めちゃいけない。

「へえ。これの、どこが？」

しかし延は現実を突き付けるように、紗英の目の前にずいと片手を差し出した。

濡れた指先。掬い取った液を糸を引くようにされ、恥辱にカッと全身が熱くなる。

「感じてんじゃん、こんなにも」

「そんなこと……っ」

そんなことない、と言いたいのに舌がもつれて言い切れなかった。

しっかりしろ。流されたらだめだ。思えば思うほど焦る紗英を、延はまるで愛でるようにクスリと笑う。そしてこれ見よがしに、濡れた指先を舐めて見せた。

（いやだ。こんなの、延じゃない……！）

紗英の知っている延は、無愛想で口が悪くて、しかし人が良くて割と素直で、そしてまだ幼いところの残った青年だ。恋愛にも疎くて、というよりさっぱり興味などなさそうで、だからこういうこととは無縁だとばかり。

今、目の前にいるのは誰？　こんな男、知らない。

どう抗ったらいいのかわからなくなって、紗英はシーツにしがみつく。毛皮を刈られた小動物にでもなった気分だ。好都合とばかりに、延はまたもや秘部を撫でる。

「……ふ、ぅ」

滲んだ蜜を塗り広げる指は、明らかに慣れていない。恐らく、初めてなのだ。探り探り、膣口をまさぐる。試すように、浅く入り込んでくる。遠慮がちな愛撫に、もしかしたらこれで見逃してもらえるかもしれない、などと甘い考えが浮かんだときだ。

ぐっと、二本の指を押し込まれた。

突然増した圧迫感に、喉がヒュッと鳴る。

痛かったわけじゃない。濡れてはいたから、引っ掛かりもなかった。

だが想定外の異物感に、驚いて息もできなくなる。

そう――そうだ、セックスって、こんなふうだった。襞をゆるゆると撫でられながら、思い出す。最後にしたのは確か、大学生の頃。額に怪我をするまで付き合っていた相手と。

だからもう、十年ぶりになる。

眠っていた感覚を、叩き起こされているようで、眩暈がする。

「ああ、ここって、こうなんだな。これが、紗英の中……」

「ア……もう、やめ、て」

「やめない。聞こえるだろ？　中はこんなに、従順に蕩けてる」

差し込んだ指を動かされると、湿った音が背後から聞こえた。

じゅぶじゅぶと淫らに、鼓膜まで官能に侵されていく。たまらなくなって、思わず耳を塞ぐ——すぐに塞いでいられなくなったが。

「あ……！」

茂みを掻き分けられ、割れ目の中を探られたからだ。

かろうじて隠れていた過敏な突起を、戒めのようにつままれて呼吸が浅くなる。

「や」

やだ、と言いたかったのに、高く喘いでいた。久々の快感だ。知っているはずなのに、初めてのように新鮮で、圧倒的で、ただ巻き込まれる。

「そうか。ここ、好きなんだな」

延はすっかり、のめり込んでしまったようだ。夢中になって、花弁の中の粒を転がす。撫でてはつまみ、つまんでは撫でて、執拗にそこばかりを刺激してくる。

そう、中指と薬指を膣内に収めたまま。

人差し指と親指で、繰り返し、器用に。

「う……ぁ、い、いやだ、延……っ」

「泣き声みたいだ。すげえ……そそる」

泣きたいくらいだ。感じたくなくても、強引に感じさせられてしまう。

痛め付けられて喜ぶ趣味なんてない。それなのに、蜜道の中の指をぐちぐちと揺らされ、割れ目の粒をしごかれ、混乱した状態で訳もわからず昂っていく。

「ァ、っあ、アっ、あ……っ」

「すげ……、中、めちゃくちゃにうねって、欲しそうに絡み付いて……もしかして、おまえ……イきそう、ってやつなのか」

図星だ。いや、認めたくない。

シーツに爪を立て、紗英は必死でかぶりを振る。

「っは、ぁっ、ん、だ……めぇ」

「だめ？　どこがだよ。こんなにヒクヒク、俺の指、引き留めてるくせに」

「そ、んなことないっ、やだ、あ、んぁっ、は、なして、よ……ぉっ」

脚の付け根がジンジンする。しつこく弄り回されている場所だけじゃない。下腹部全体が、熱を持って腫れていく感じがする。このままでは、破裂してしまう。

「っふ、ァ、あっ、せめて、ゆび、止めて、え」

苦し紛れに、壁によじ登る格好で逃げようとしたが、遅かった。

頑なな意思に反し、内襞がキュウっと縮む。溜まりに溜まった悦が、ぶちまけられる予感。軽い浮遊感を覚えたら、覚悟を決めざるを得なくなる。

イく。弾けてしまう。

「ンあっ、あ、ぁ、あ――！」

ビク！　と跳ね上がる腰。続けてへこへこと下半身を揺らしながら、紗英は拳を握り締める。悔しい。情けない。なのに、きちんと気持ちいい。

（わたしの愚か者……っ）

どうして我慢しきれなかったのか。

こんなにあっけなくイかされて、快感に悶えるさまを晒してどうする。

でも、いい。悲しいかな、腰から下が蜜にひたされているみたいだ。はあっ、とシーツに顔を埋めて甘い息を吐けば、尾てい骨の上に何かがずしりとのせられた。

いきり立ち、容量をオーバーするくらいに怒張した、脈打つもの。

これは。

「っ、ひ」

絶対にいけない。取り返しがつかなくなる。

体を丸めて逃げようとしたが、肩を掴まれ引っ張り戻された。開きっぱなしの脚の付け根に、丸い先端を押し当てられる。

「やめて、延……っ」

後ろ手に押し返そうとしても、びくともしない。

蜜口を容易く割って、それはついに入り込んできた。

「……やめてってば、っもぅ！　馬鹿ぁ、あっ」

「馬鹿で結構。子供扱いされるより、ずっとずっとマシなんだよ。ッく、狭……、いつぶりだ、これ。セカンドバージンってやつか、もしかして」

「ひっ……ぅ、うるさい、抜きなさ……っア、やぁ、あ……っ」

みるみる埋め込まれてゆく、沈み込んで来る。奥へ奥へと、侵される。

(奥、届いちゃう……だめ、だめなのに……っ)

腰の近くまで痺れが昇ってくるほどの、強烈で官能的な圧迫感だった。ゾクゾクっと背中を反らせた瞬間、それは最深部に到達する。

ああ、越えてしまった。越えてはならない一線を――越えてしまった。

「は……っ」

延はまだ腰を止めない。ねじ込むようにして、根もとまで咥えさせられる。最奥をぐりぐりと撫でられると、軽く弾けたのか、全身が恍惚とした。

こんなにいいのは初めてかもしれない。

隅々まで押し広げられた襞が、歓喜に震えている。

いっぽう、延は固まっていた。紗英の行き止まりを押し上げたきり、じっとしている。

眉根を寄せた表情に余裕はなく、動いたらおしまいだ、とでも言いたげだ。

それでも苦しそうな声で「大丈夫か」と気遣わしげに問うてくる。

「苦しく……ないか」

一瞬、何を言われているのかわからなかった。

あまりの快感に頭がぼんやりして、考えられなかったのだ。くるしくないか……くるしく……べつに、そんなことはない。

蕩けた顔でゆるゆると、かぶりを振る。

「……動くからな。辛かったら、言えよ」

優しい声と一緒に、頬に口づけが降ってきた。続けて肩にも、背中にも。慈しむようなキスの雨に、紗英はもはや肩をぴくりと跳ねさせるばかり。

ベッドが軋み始めると、シーツにしがみつく気力もなく、ひたすら喘いだ。己の意思の届かない体を投げ出して、なすがままに揺さぶられ続ける。

肩越しに視界に映る延は、悲しいかな「男」だ。

こんな男は知らない。知らない――はずだ。それなのにその瞳だけは十年前、路地裏で見上げていたときと同じ。今にも泣き出しそうな少年に見えた。

翌朝、見知らぬ部屋で目覚めた紗英は、心臓が止まりそうになった。

すぐ隣に、延の寝顔があったからだ。

凛々しい眉、研いだような輪郭を前に、昨夜の出来事を思い出す。途端に、ざっと血の気が引いた。転げるようにベッドを下り、そこからは無茶苦茶だった。

四つん這いになり、床に落ちている服をかき集め、それを抱えて玄関へ走り、愚かにも靴を履いてからワタワタと身につけて。

部屋を飛び出しながらも、腰が抜けそうだった。

（どうしよう。しちゃった。いただいちゃったよ、元教え子……!!）

マンションのエントランスから駅へは、直結だからまだいい。しかし頭が混乱しすぎていて、改札機には三回も引っかかった。四回目には、駅員に声を掛けられもした。

「いかがしましたか、お客さま」

「あ、い、いえ、なんでもないです」

もうだめだ。後ずさりし、すぐ側にあったカフェに立ち寄る。と、今度は寒いのにアイスコーヒーなんて買ってしまって、カウンター席で項垂れる。

「はあ……」

それにしても、なんてことをしてしまったのか。後悔しても、しきれない。

紗英から襲ったわけでも、誘ったつもりもないけれど、なんの危機感も抱かずに部屋に入ったのはいけなかった。世間一般ではこんなとき、合意うんぬんと男を責めるものだろうが、紗英は全面的に自分が悪いのだと思う。

なにしろ、紗英は延の元家庭教師だ。勉強面でその役割を終えても、彼を教え、導く存在であるべき、というところは変わらない。

延が過ちを犯したなら、それは紗英の責任でもある。

気負いすぎかもしれないが、そのくらいの覚悟で関わってきた。

『――どうしたの、それ』

あれは確か、誘拐未遂事件から三か月ほど経った頃。

怪我の治療やらなにやらで、しばらく休んでいた家庭教師のバイトを再開するため、久々に相賀美家を訪れたときのことだ。

『るせぇ。見んな』

延は泣き腫らした顔をしていた。

くっきり二重の瞼は厚ぼったい一重になり、充血した瞳は兎のようだ。

『何があったのよ。もしかして学校の廊下をぞろぞろ這っている蜘蛛を追いかけて森に入ったら、ボスの大蜘蛛に喰われそうになって半泣きで逃げてきたとか!?』

『某魔法学校じゃねえよ。見んなっつってるだろ。知らねえフリしとけよ』

『じゃあ……もしかして、居酒屋で泣くほど辛いシシトウにあたった？』

『大酒飲みのおまえと一緒にすんな！　くそっ、とっとと授業やりやがれ』

『駄目よ、延。くそ、なんて汚い言葉を使っちゃ。ＰＯＯＰ、ｃａｃａ、あるいは』

『てめえ、いっそ帰れ!!』

紗英としてはどうにかして延に笑ってほしかったのだが、その日は授業が終わってもまだ不機嫌で、見送りの際にも目を合わせない始末だった。

よほどのことがあったのだろう。人間関係がうまくいっていないとかなら、事が大きくなる前にご両親の耳に入れておいたほうがいい。

それで翌日、紗英は大学で講義を受けたあと、王美堂本社に寄るつもりだったのだが。

『あ、紗英っ』

『ちょっと、こっち来て。今夜はみんなで呑むからね！』

しかし、友人たちに捕まってしまった。

久々に会って盛り上がったとかじゃない。

彼女たちを突き動かしたのは、紗英の交際相手――いや、数日前に紗英が同じサークル内の男と別れたこと、だった。

紗英は黙っていたのに、あろうことか男のほうがSNSに書き込んだらしい。

『ここはあたしらの奢りよっ。あんな甲斐性なし、とっとと忘れちゃいな！』

行きつけの居酒屋に連れて行かれ、ビールの中ジョッキを手渡される。

同席したのは同じゼミに籍を置く女友達八人だ。根明だからか、紗英は学生時代、交友関係は浅くてひたすら広かった。

『ええと、別にわたし、そんなにショックでもないんだけど……、うん、でも奢ってくれるって言うなら、せっかくだからいただいちゃう。ありがとっ』

『そうそう、どんどん呑んでどんどん食え。つうかさ、普通はさ、彼女が顔に怪我なんかしたら心配するでしょ。傷痕が残ったって、俺は気にしないって言うでしょ』

『お見舞いにも行かずに別れ話するなんて、何様だよ。しかも自分ばっかりショックを受けた体でSNSに傷心ポエム晒すとか、人としてどうなのって話よ』

『あー、いやあ、まあ、それはさ、わたしが取っ組み合いなんかしちゃったから。恐れおののいて逃げ出したとすれば、責められない気がするんだよね』

『紗英は器が大きすぎるのよ！』

表向き、紗英の額の傷の原因はただの喧嘩ということになっている。

誘拐犯と死闘を繰り広げたなんて、誰にも言えない。

延は被害者だが、それでも、御曹司が誘拐されかけたとなれば、天下の王美堂の企業イメージは揺らぐ。たとえ同情されたとしたって、それが事業にプラスに働くかと言えばノーだろう。

延の両親から、できれば内密にと頼まれたこともあって、紗英は当時の恋人にすら事実を伏せた。

彼には申し訳ないとは思ったが、だからと言って、こっそり本当のことを耳打ちしよう、そうまでして寄り添ってほしい、などとは考えられなかった。

(好きか嫌いかと聞かれれば、好きではあったんだけど……うん)

何にでも簡単にハマって夢中になるわりに、紗英は恋愛に限ってどっぷり浸かった経験がない。こんな自分はどこかおかしいのではないかと、たまに悩むこともある。

すぐに忘れるが。

ジョッキに口をつけようとすると、後ろからバンっと背中を叩かれる。

『紗英、あたしらがついてるよっ』

『ぐっふ……鼻に、鼻に入っ……』

『あんなチリメンジャコみたいな奴、単位落として留年すればいい！』

『言い得て妙ー。って、そのジャコ、昨日は散々だったみたいよ』

咽せ込む紗英をさて置いて、彼女たちは芋焼酎を片手に会話を転がしていく。

『いやさ、あいつが駅前で警察に囲まれてるのを見たって子がいてさ。何かやらかしたのかと思ったら、なんかね、誤解で逮捕されかけたらしいのよ』

『えーっ、警察沙汰!?　痴漢冤罪みたいな？』

『じゃなくて。小学生の男の子がさ、あいつを指さしてわんわん泣き始めたのが事の発端。で、その子のお兄さんだかお父さんだかが、一緒にいた保護者があいつをこう、すぐさま押さえ込んで警察に突き出したらしいんだよね』

昨日。小学生の男の子。わんわん泣く。紗英の脳裏には、前日、目の当たりにしたばかりの延の泣き腫らした顔がぱっと浮かんだ。

まさか――いや、考えすぎだ。

『それって、結末はどうなったの?』

『勘違いで申し訳ないことをしたって、そこそこの額の慰謝料をもらったらしいよ。その少年、資産家の子供だったとかで、ポケットマネーをぽんとね。結果、ジャコ野郎が儲かったところがムカつく』

やはり、延なのではないか。

一緒にいた保護者というのを、SPと仮定するとすべてに納得がいくのだ。わんわん泣いている延を見て、SPは只事ではないと思ったはずだ。昨日、泣き腫らした延の顔に、紗英が驚いたように。そして、すぐさま男を捕まえた。

延が指を差していた男を。

(誘拐未遂事件があったばかりだもんね。警戒して当然よね)

犯人グループはすでに逮捕されたものの、相賀美家は依然ピリピリしている。使用人たちの身辺をもう一度調べ直し、関係者に緘口令を敷き、屋敷周辺の見回りを警察にお願いして。延の両親は在宅で仕事をするようになり、延の外出は日中だけだ。

結果、家族団欒の時間が増えたらしく、そのこと自体は良かったと思うのだが。

『あのさ、延。ひとつ聞いてもいい?』

翌々日が家庭教師の日だった。

キリのいいところで休憩を取りつつ、紗英はそう切り出す。

この間、泣き腫らした顔をしてたのはどうして？　もしかして、勘違いで誰かを警察に突き出したりした？　そう尋ねるつもりだった。もし本当に、件の小学生が延だとして、あまりにも偶然が過ぎる気がしたからだ。

すると、いきなり目の前にカラフルなものが差し出される。

花束だ。

『これ、おまえにやる。あ、余ったからっ』

花束が余るとは、一体どういう状況か。

面食らいつつも、紗英はそれを両手で受け取った。

『ありがと……きれい』

小ぶりのひまわりを中心に、明るい黄色を基調としたアレンジメントだった。はつらつとした雰囲気が、紗英の好みにぴったりだ。爽やかなロイヤルブルーのリボンで束ねられていて、しっかりとした重みには高級感がある。

『花束なんて、初めてもらったかも。切り花って贅沢よね。女子になった気分』

『紗英は女子だろーが。ガサツだしゴリラだけど、俺、き、嫌いじゃねえし』

『ゴリラって、まだ言うの。あのね、そんな物言いだからモテないのよ。わたし知ってるのよ。延が同級生の女の子から人気で、でもすぐに愛想を尽かされちゃうこと』

情報源は相賀美家の家政婦だ。春、新学期には女子が大勢押しかけてくるのに、夏になる頃には潮が引くようにいなくなるんですよ、と苦笑していた。

『あれは俺がフってんだよ。小学生に言い寄られたって、別に嬉しくねーし』

『こーら。自分を大きく見せるの、やめなさい。延は自然体が一番いいんだから』

『うっ……うっせえ！　大きく見せてなんかいねえし、事実だしっ』

両耳が真っ赤になっているのは、怒りの所為だろうか。なんにせよ、ヘソを曲げるとは理不尽だ。ゴリラと罵られたのは紗英のほうなのに。

そのまま黙るかと思いきや、延はすぐに『なあ』と話しかけてくる。

『もしかして、鉢植えの方がよかったか？』

珍しく、不安げな問い方だった。

『ううん！　鉢植えはすぐ枯らしちゃうから、こういうほうが気が楽。てか、これ、余ったからくれたんじゃないの？　鉢植えのほうが、ってどうして聞くの』

『きき聞いてみちゃ駄目なのかよ』

『いちいちつっかかんないの。あ、ねえ、ひまわりの隣の、白いカーネーションみたいなの、なんだろ。かわいい』

『ああ、それは確か、トルコキキョウ』

『へえ、キキョウってこういう花だったっけ？　延、詳しいのね』

こんなに立派な花束、どこに飾ろう。想像すると、なんだか楽しくなってきた。

実家の間取りを思い浮かべ、玄関かな、そういえば花瓶あったかな、などと考えを巡らせていた紗英は、延が次にボソッと零した言葉で我に返った。

『元気、出たかよ』

えっ、と問い返しそうになる。

意外すぎて、声にならなかったが。

『……俺だったら、こんな簡単に、別れ話なんかしない』

小声で付け足された言葉に、頭の中でパタパタと仮定ドミノが倒れていった。

（やっぱり）

延は知っている。紗英が、恋人と別れたことを。

どこからどんなふうにしてその情報を手に入れたのかは謎だが……いや、ひょっとしたらSNSかもしれない。元彼の傷心ポエムだ。自慢げに、誰でも閲覧できる状態で公開されていたし、紗英も彼をフォローしているから見つけるのは簡単だ。

まさかそれで、延は元彼を困らせるような真似をした？

なんのために？

そんなの、紗英のために決まっている。紗英を悲しませたから。だから。

この花束だって、余ったわけではないのかもしれない。延が、わざわざ用意したのかもしれない。紗英を元気づけるため、そのためだけに――。

（まったく、もう）

仔細予想がついてしまったから、紗英はあえて尋ねるのをやめた。

やり方に大いに問題があるものの、慰謝料を持ち出したあたり、延はその問題に気がついていないわけじゃない。もちろん、なんでもお金で解決しようという姿勢は褒められたものではないけれど、今は咎めるべきときではない気がしたのだ。

それより、あんなにやんちゃで傲慢だった延が、紗英の気持ちを慮った。自分さえよければかまわなかったあの頃よりも、誰かの気持ちを考えて動くようになった。

そのことをまず、認めてやりたかった。

そして紗英は思ったのだ。

勉強だけでなく普段の生活も、延のお手本になれたら、と。

延に立派な背中を見せられるよう、日々精いっぱい生きていこうと。

「……どこがお手本なのよ……」

呟いて、紗英はふやけた紙ストローを手慰みにする。

冷えたコーヒーなんて飲む気になれず、まだ一口も減っていない状態だ。

こんなことなら、早々に延の家庭教師を辞めていればよかった。受験が終わった時点で、手を切るべきだったのだ。立派な背中なんて、いつ見せられた？　考えれば考えるほど、失敗しかしてこなかった気がして、無力感に襲われる。

それにしても……。

無理やり押し倒したくせに、延の手は終始丁寧だった。

何度も、大丈夫か、痛くないか、と尋ねられたし、動くときはつねに思い遣るようで、紗英の気持ちいいところを一生懸命に探していた。最後だって、かろうじてだが、中に出されはしなかった。抵抗させてもらえなかったことを除けば、紗英はベッドの上で、そこそこ大切に扱われたのだ。

だから、ますますわからなくなる。

そもそもどうして延は、突然あんなことをしたのか。

「――紗英！」

すると、斜め後ろからいきなり呼ばれた。反射的に顔を上げて見たのは、ニットにジョガーパンツという薄着でカフェに飛び込んでくる延の姿で……。

「え、延」

気分的には、くるりと背を向けて、脱兎のごとく逃げ出したかった。

昨日の今日で、ほとぼりも冷めないうちに明るい場所で顔を合わせるなんて、あまりにも気まずい。実際は、立ち上がることすらできなかったけれど。

「来い」

手首を摑まれ、強引に店から連れ出される。

咄嗟には、トートバッグしか持てなかった。アイスコーヒーをカウンターに置き去りにしたまま、通勤客が行き交う駅構内を、小走りの状態で引っ張って行かれる。

「阿呆。勝手に出て行ってんじゃねえっ。心配しただろうが！」

「……心配？」

「そうだよ。ゆうべの影響で女は色々あるだろうが。しんどいとか、痛いとか、怠いとか……。なんで余裕かまして、こんなところでコーヒーなんか飲んでんだよっ」

早口で言う延は、怒り心頭に発するといった雰囲気だ。心配されている……のだろうか。

ぐいぐいと引っ張られる手首を、紗英は半信半疑のまなこで見つめる。

昨夜、ラーメン店に向かうときには、紗英のほうから握った手。

あのときは、なんとも思わなかった。大きさも、温度も気にならなかった。

それなのに今はやたらと、骨張った指や掌の広さ、汗ばむほどの熱さがそれぞれはっきりと感じられて、頭が沸騰しそうになる。

「ねえ、どこに行くの、延」

「……」

「ねえってば！」

強く腕を引くと、延はやっと立ち止まって振り返った。

狭い通路に、ひと気はない。延が住むマンションは駅直結で、エントランスを出たところがすでに駅構内なのだ。グレーの壁に沿って、ほんのりオレンジ色のアッパーライトが足もとから空間を照らしている。

「俺の部屋に戻る」

「戻って、どうするの」

「今日くらい、面倒を見させろよ。メシとか、身の回りの世話とか、ひと通りのことはする。俺、ゆうべは無我夢中で……ちゃんと気を遣ってやれなかっただろ」

ボソボソと言う延の頬は、照れをそこに閉じ込めたみたいに紅潮している。

初体験のときだって、こんなに優しい言葉を掛けられたことはなかった——いや、嬉しいと思ってどうする。延は元教え子だ。学生だ。これまで大人として彼を導いてきた立場の紗英が、異性として見ていい相手じゃない。

「大丈夫よ、初めてでもないんだし。延が気にすることじゃないわ」

「あ?」

「延に何かしてもらわなくても、ひとりで平気だから。じゃあ、これで」

摑まれている手を引き抜こうとするも、させてもらえなかった。

かえってぎゅっと強く握られ、変な汗が背中に滲む。

「それでも、一旦戻って来い。これっきりにされたら困るんだよ」

「……っ」

「あ、いや、誤解すんなよ。次の約束が欲しいなんて、まだ欲張るつもりはねえから。突っ走りすぎた自覚くらい、俺にだってあるんだ。だからこそ、まずはちゃんと話す時間が欲しい。昨日のこともひっくるめて、ケジメというか――」

瞬間、紗英は耐えきれず、持っていたトートバッグを延の口もとに押し付けた。

どうして昨夜あんなことをしたのか、知りたかったはずだ。

話し合えるなら、直接尋ねればいい。そう思うのに、今はもはや何も聞きたくなかった。

延の口調が深刻そうだったのも、あわせて紗英の危機感を煽っていた。

今、これ以上踏み込んだら、戻れなくなる。そんな気がする。

「おい」

トートバッグを押し退けた延は、顔をイライラと引き攣らせて言う。

「何すんだ、こら」

「ね、やめとこ？」

「は？」

「やめようよ。話し合いとか、これ以上、問題を大きくするの。心配しないで、昨夜のことは忘れるから。わたし、大人の女だし？　ワンナイトはノーカンっていうか」

もちろん嘘だ。体だけの割り切った関係が結べるほど、紗英は器用じゃない。

「……それ、冗談なら笑えねぇからな」

「本気よ。昨夜のことは、延も悪夢を見たと思って忘れてくれない？」

「なんだよ、悪夢って」

「ほら、二十歳のうら若き青年が、こんなオバサンを相手にするなんて、勢いだとしても黒歴史になりかねないじゃない。だから、とにかくなかったことに」

何もなかったことにして、元に戻ろう。

そう言おうとすると、振り払うように手首を離された。

「一生覚えとけ、ボケ！」

言い捨てて、延は足早に去っていく。

その気配が廊下から消えるとともに、小石がざらっと降ってきた気分になった。

胸のあたりが、ガサガサして重苦しい。何も考えられず、しばし立ち尽くす。

マンションのほかの住人がやってきて、慌てて駅へ戻ろうとしたが、やはりうまくいかなかった。改札にもまた引っかかり、乗り換えには失敗し、自宅にたどり着いたときにはすでに昼だった。

その後、延からの連絡はぱったりと途絶えた。

以前はスマートフォンにメッセージが、最低でも三日にいっぺんは届いていた。

メシ食ったかとか、残業終わったかとか、紗英が公開したメイク動画を観たとか。

そんな他愛のない情報も知れなくなって、延の状況がわからなくなって初めて、紗英はああ、他人なんだと実感させられた気がした。

「さて今日は、大正ロマンなモガ風アイメイク。まずは頼りなさげな下がり眉を描いていく。眉潰し用の接着剤を使って、眉頭は目頭より内側、本来より少々上に……」

撮り溜めたメイク動画に、声を入れながらも考えてしまう。

(このまま、フェードアウトするのが一番いいんだよね)

なかったことにして元通りに、と最初は考えた。でも、あの晩のことを忘れるなんて、紗英のほうができそうにない。いくら切り替えが早い性格とはいえ、顔を合わせたらきっと、思い出してギクシャクしてしまう。

延のためにも、二度と会わないと決めよう。

もともと紗英は、延から離れようとしていた。潮時だと考えていたのだから。

けれど、スマートフォンが鳴れば急いで飛びつく。延からの連絡ではないと知れば、ほっとすると同時に何故だか寂しいような、がっかりした気持ちになる。

何をしていてもそんな調子だったから、メイク動画の編集は進まず、ＳＮＳの更新も滞った。仕事にも身が入らないまま、二週間が過ぎて行った。

「物流業の未来に、かんぱーいっ」

「ロジスティーックス！」

部長の音頭で乾杯し、表情ばかりは笑顔でウーロンハイのグラスに口をつける。

職場の飲み会が催されるのは久々だ。

本当は食欲もないし、居酒屋でどんちゃん騒ぎをする気分でもない。けれど誰かと一緒にいれば、延のことを考えずに済む。だからありがたい機会と言えなくもなかった。

「小咲係長、どうしたんですか。全っ然、食べてないじゃないですか」

部長が耳まで茹でだこみたいに赤くなった頃、席にやってきたのは本日の幹事にして入社一年目の中田《なかた》だった。元野球部の肉体派でフォークリフトの扱いもうまいため、パートの主婦たちに絶大な人気を誇るホープだ。

「そ——そんなことない。美味しいよ、砂肝」

笑顔で頬張ってみせたものの、味なんてわからなかった。

「中田くんこそ、ちゃんと食べた？　ここの会計、社員会費なんだからお腹いっぱい食べて帰ったほうがいいわよ。とくに、単価が高いやつ」

「それ、前回も前々回も聞きました」

「あはは、やだなぁ。同じこと何回も言っちゃうなんて、もう歳かも」

「笑ってる場合じゃないですよ。いつも誰より食べるのに、どうしたんですか。もしかして、具合でも悪いですか？　タクシー、呼びましょうか」

心配そうに言う中田の肩は、ハイゲージのニット越しでも筋肉が隆々としているのがわかる。流石は元ピッチャーだ。そういえば、と紗英は思い出す。

中田ほどではないが、延も、そこそこ筋肉質な体つきをしていた。

小さい頃は女の子より華奢だったのに、いつの間にあんな一丁前の、鍛え上げられたような体型になっていたのだろう。ぱっと見、背の高さや脚の長さばかりに目が行きがちだったけれど、上半身なんて——。

「小咲係長？」

「えっ、あっ、なんの話だっけ⁉」

「やっぱりタクシー呼びますね」

紗英はぼんやりしていただけなのに、中田はやはり体調不良を確信したようだ。ちょっと待っててくださいね、と小言で告げて、スマートフォンを片手に行ってしまった。数分後、戻ってきた中田に連れられて、さりげなく店を出る。

「もうすぐ来ると思います、タクシー。五分くらいで着くって電話で言ってました。部長たちにはうまいこと誤魔化しておきますから、気にせず休んでくださいね」

「何から何までありがと。楽しい席で、気を遣わせちゃってごめんね」

「そうやって、気を遣ってるのはいつも係長のほうじゃないですか」

「ふふ。そう思うのは、中田くんが気遣いのできる人だからよ」

後輩にまで気を遣わせてしまって、情けない。

そろそろ切り替えなければ。延のことは、忘れなければ。でも、どうやって？　自然と俯く紗英の隣、並んで車道を眺めながら中田はぼそっと言う。

「……そう言ってくださるのは、係長くらいです」

焼き鳥店のすぐ前の道路は、細いY字路になっている。

右、左、とスムーズに分かれて進む車の列は、まるでコンベアの先で行き先ごとに振り分けられていく段ボールみたいだ。このままずっと、頭を空っぽにして眺めていたくなる。

「係長」

「うん？　ここ寒いから、戻っててていいわよ」

「いえ。その、せっかくの機会なので、係長にお話ししたいことがあって」

「なあに？　仕事のこと？」

もしかして、転職したいとかだろうか。

だとしたら引き留めなければ。優秀な中田に辞められてしまっては痛手だ。と、そこまで考えたところで、がしっと両肩を上から摑まれる。びっくりして見上げれば、中田は緊張の面持ちで紗英を見下ろしていた。

「仕事とは関係ない話です。係長、年下は嫌いですか⁉」

「は……え、どうしたの、いきなり」

「いきなり、じゃないです。入社直後から、ずっと気になってました。新人の僕にも気を遣ってくださって、いつも前向きになれる言葉を掛けてくれて……僕はっ」

わけがわからず、紗英はポカンとしてしまう。

学生時代に恋人がいたとはいえ、恋愛ごとにはすこぶる疎いのだ。自ら誰かに恋した経験も、片想いにもだもだしたり、勇気を振り絞って告白したりしたこともない。

係長、と中田はいよいよ切羽詰まった顔で間近に迫った。

紗英は戸惑い、目をしばたたかせながら固まるしかない。

そのときだった。

「失礼します」

左斜め後ろから、低い声がする。

直後には腰を抱かれ、声がしたほうに引き寄せられていた。

必然的に、肩を摑んでいた手が離れる。途端、驚いたように見開かれる中田の目。紗英はその視線の先を見上げ、そして同じように目を剝いた。

「なんで……」

延。

どうしてここに、延が。

立ち尽くす紗英のすぐ横に立ち、延は軽く中田に頭を下げる。

「失礼ですが、紗英を連れて帰っても？」

「あ、は——はい。問題ありませんが、あなたは」

「僕は相賀美と申します。彼女の元教え子です。……今のところは」

そう言って、紗英の腰に腕を回し、踵を返す。

そのまま連れ去られそうだったから、紗英は我に返って延を止めた。

「待って。今、タクシーが来るのよ。中田くんが呼んでくれたの。だから」

本当はそんなことより、ただ離れたかった。もう会わないつもりだったのだ。このまま、ずるずると連れて行かれるわけにはいかない。そもそも一緒にいるのも怖い。

延にまた何かされるのでは、という意味だけの「怖い」じゃない。

一緒にいたら、己を保てなくなりそうで——。

すると目の前に、タイミングよく黒塗りの車両が滑り込んできた。ボンネットの表示板に『迎車』と赤ランプで表示されたタクシー……これに違いない。

すると誰が動くより先に、延が後部座席のドアから車内に頭を突っ込んだ。運転手になにやら話し、いくらか支払い、すぐに紗英のもとへ戻ってくる。

「行くぞ」

「え、ちょ、延っ」

再び腰をがっちりホールドされ、中田には肩越しに会釈するくらいしかできなかった。ほぼ駆け足の状態で、行くこと数分。延の愛車の電気自動車は、まるで乗り捨てたかのように斜めに路肩に停められていた。

「アパートまで送る。それでいいだろ」

「じ、自分で、電車で帰るわ」

「いいから乗れよ。今日は、誓って何もしない」

強引に助手席に乗せられ、シートベルトまでとめられてしまう。覆い被さられるような格好になって、息が止まるかと思った。あの晩の延の体温を一瞬、思い出して動けなくなる。腰から下に、甘い痺れが回る――どうしよう。

どぎまぎして焦点も定められずにいるうちに、車は発進していた。延はハンドルを片手で操作し、車道に出てから、囁くようにぼそっと言う。

「……怯えんなよ」

怯えてなんかいない。

そう言いたくても、声にならない。どうしてだろう。胸のあたりが詰まる。

無言のまま、車窓を流れるカラフルな夜景を横目でやり過ごす。紗英の自宅アパートまで、十五分ほどだ。以前ならば、なんでもないことをわいわい言い合って、あっという間に潰せる時間だった。けれど今は息をするのも苦しくて、一生この時間が続くのではないかと思うほど居づらかった。

「ほら」

アパート前で車が止まると、見覚えのある紙袋を差し出される。

あの日、慌てて逃げ帰ったために、忘れてきてしまった王美堂の化粧品だ。

「あ……ありがと」

「これがないから、新しい動画、出せないんだろ」

つまり延はこれをわざわざ届けるために、紗英を訪ねて行こうとしていたのだろう。それで偶然、居酒屋の前でタクシーを待っているのを見かけた、と。

いや、だが、動画を公開できなかったのはコスメの所為ではない。ないのだが、どう答えたらいいのかわからず、うん、と頷く。その先、言葉は続かなかった。

後ずさるように車を降り、ドアを閉める。逃げ去るのもあからさまで、せめて見送ろうと路方に立っていると、運転席の窓が開く。

そこから身を乗り出すようにして、延は言った。

「紗英、週末、休みか」

「じゃあ、土曜朝、八時にここな」

「え、あ、うん」

「迎えに来る。動きやすい格好で、防寒だけはしっかりしとけ。じゃあ」

「ここ……って」

「ち」

ちょっと待って、とは言わせてもらえなかった。

延はまるで紗英の返答を封じるように、アクセルを踏み込み行ってしまう。

住宅街の路地を右へ流れ消えるテールランプを、紗英は茫然と見送った。

（土曜って……八時にここ……って）

迎えに来るとはどういうことか。いや、普通に考えたら、どこかへ一緒に行こうという意味に決まっている。しかし、何をどうしたらそんな話になるのか。

もう会わないつもりだったのに。

紗英はまたもや呑み込みきれない事態を前に、口をあんぐりと開けて立ち尽くすしかできなかった。

3　御曹司、まんまとデートに漕ぎ着ける

このまま別れたら、二度と会ってもらえない。

そんな予感がしたから、延は、強引だと知りつつも次の約束を取り付けた。捨て台詞的に押し付けて帰ってきた、と言ったほうが正しいかもしれない。

「……必死かよ。ちくしょう」

ハンドルを操作し、一路自宅を目指しながら自嘲してしまう。

今夜、居酒屋の前で出くわしたのは、偶然じゃない。

紗英の所属部署は、定期的にあの店で親睦会を催す。紗英から、そう聞いていた。

時期的にそろそろだろうと、ここ数日、仕事帰りに様子を見に行っていたのだ。ばったり会った体でもなければ、合わせる顔などなかった。

延はこの二週間、寝ても覚めても罪悪感でいっぱいだった。

詫びたいが、詫びていいものかどうか。ごめん、とは許しを乞うのと同義の言葉で、しかし延は許されたいわけじゃない。なかったことにもしたくない。

本当は、強引に抱いてしまった翌朝、告白してしまいたかった。

おまえのことがずっと好きだったんだ。おまえが俺の初恋で、おまえ以外好きになったことはない。そう正直に伝えるつもりだった。

玉砕したってかまわなかった。子供扱いされたまま、縁を切られるよりマシだ。

けれど何も言わせてもらえず――。

あのときは苛立った。ムカついた。せめて怒れよ、無理やり抱いたんだぞ。横っ面を叩くのもまだ早いと思うほど、俺は子供なのかよ、と。

しかし結果的に、縁が切れなくてよかったと今は思う。

やはり離したくない。誰にも渡せない。というのは、あの中田とかいう男が紗英に迫っているのを目撃した所為もある。

(どっからどう見てもあいつ、紗英に告白してただろ。紗英のほうはわかってなさそうだったけど)

鈍感にも程があるが、そこに今回は救われた格好だ。もし紗英が中田の告白を受け入れたり、男として意識し出したりなどしたら、太刀打ちできない。

なにせ中田はれっきとした社会人で、その点、紗英とは対等なのだ。

帰宅して、玄関に車の鍵を置いたところで、スマートフォンが短く震える。

——土曜って何？　何を考えてるの
紗英からのメッセージだ。

返信のしようがない。というのはあの誘いが思わず口から出たもので、もとから何か計画していたわけではないからだ。

——悪いようにはしない
短く返すと、紗英からの返信はなかった。

風呂から出ても、日付けが変わっても、夜が明けても。

わかった、と了承の返事を寄越さないあたり、不本意ではあるのだろう。が、行かないとも言わない以上、紗英は約束を受け入れたのだと延は理解する。付き合いだけは長いから、そのくらいはなんとなく予想がつくのだ。

そこから必死に頭を捻り、予定を組んだ。

紗英が喜びそうなところ。少しでも楽しんでくれそうなところ。ひいては、延からの誘いを断らなくてよかったと思ってくれるところ。

その程度で、身勝手に抱いたことを挽回できるとは思えないけれど、それでも。

——一応、用意したけど、これでいいの？

土曜、つまり当日の朝になって、再び紗英からメッセージが届いた。

歯磨きをしながら確認すると、メッセージの下には自撮り画像が貼り付いている。大ぶりのリュックを背負い、マウンテンパーカーを着込んだ紗英の鏡越しの写真だ。いかにもこれから富士《ふじ》登山でもします、といったふうで、確かに防寒は完璧だ。しかし、何をどう解釈してこうなったのか。

――アウトドアじゃねえし

反射的にそう送って、すぐさま後悔する。しまった、このテンションでは子供の頃と変わらない。男として見てもらいたいのに、自ら墓穴を掘ってどうする。

すぐさまフォローをしようとすれば、手の中のスマートフォンがバイブレーション、ぱっと怒ったクマのスタンプと短い文章が表示される。

――動きやすい格好って言ったじゃない！

――だからってなんで山登りの装備になってんだよ

――山じゃないの？　じゃあ海？

――この寒空の下で海に行きたいか？

――今の時期なら牡蠣よね

――あのな

――あのね、悪いのは延なんだからね。そうやって、のらりくらりして！

気付けばすっかり元通りだ。

それでは不服だと思っていたはずなのに、なんだかほっとする。紗英があえて元のように接してくれているのかと思ったら、ひたすら申し訳なくて、とにかく有難くて、そして、敵わねーな、と実感させられた気がした。

しゃがみ込んで「はあ」とため息をつく。

(やっぱ、めちゃくちゃ好きだ……)

張り詰めていた気持ちが、一気に流れ出て行く。

三時間後、シャツにカーディガン、ミドル丈のコートを羽織って部屋を出る。手荷物をまとめたボディバッグを後部座席に置き、運転席に乗り込む。

エンジンをかけようとすると、紗英からまた画像が届いた。

——わかった。これならどうよ?

写っていたのは、オーバーサイズのトレーナーをミニ丈のワンピースとして着こなした紗英……ヤバい、かわいい。かわいい。かわいい。破壊力ありすぎだろ。

思わずハンドルに突っ伏し、悶絶してしまう。

とはいえ、すらりとしたその脚を、たとえ黒タイツを穿いているとしてもほかの男に晒すのは癪で、防寒しろって言っただろ、とそっけなく返答した。

＊　＊　＊

悪いようにはしない、なんてやはり訳がわからない。

けれどきちんと返信を寄越すところを見るに、延は延なりに、何か思うことがあって動いているのだ。そう思ったら、二度と会わないという決意が独善的に感じられて、拒否できなくなった。

そういえば、延はあんなことがあった翌朝にも、何か言おうとしていた。

それを拒絶したのは、紗英だ。ただ、聞きたくなかった。あの瞬間は、延のためとか、元家庭教師だからとかいう責任は、何ひとつ頭になかった。

(考えてみれば、それこそ無責任なのよ)

あの晩、無防備に部屋を訪れたことを悔やんでいるのなら、一方的なフェードアウトは許されない。

でも、大丈夫だろうか。

飲み会の夜みたいに、妙な雰囲気になってしまわないだろうか。

不安は、すぐに消えてなくなった。延が軽いノリで返信をくれて、何度かやり取りしているうちに、自然と以前の自分を取り戻せたからだ。

迎えた当日——。

「わーっ、こういうの何年ぶりかしらっ」

延の運転でやってきたのは、郊外のテーマパークだった。

どうしてテーマパーク、というのは場所を察した時点で何度も聞いた。延の答えは「そのうちわかる」で、遊興が本来の目的でないのはなんとなく理解したのだが、それ以上のことはいくら考えても予想がつかなかった。

（まあいいや。そのうちわかるなら、それで）

周辺にはホテルや商業施設も建ち並び、独立した小国のよう。

園内には山もあれば海もあり、食べ歩きもできればブッフェだってある。和洋折衷、選び放題のうえに、アルコールも各種取り揃えているときた。

「延、最初は何食べる？」

入園直後にそう問うと、延の眉間には皺が寄った。

「早速食うのかよ」

「だって、そこかしこからいい匂いがするんだもん。延はお腹空かないの？」

「空かねえよ。……そんな余裕ねえし。あのさ、紗英、その服、かわ――」

「あ、チュロス売ってる！　わたし、買ってくる！」

遮って駆け出したのは、これ以上服装について言い争いたくなかったからだ。防寒しろと延がしつこく言うので、トレーナーの下にロングスカートも穿いたし、タイツは240デニールだし、もうこれでいいではないか。

寒空だが、澄み渡るいい天気だ。

陽気な音楽が鳴り響く中、シナモンの香りの細長いそれを一本買う。ホクホクしながら駆け戻れば、延はベンチに座っていた。

「お待たせー。見て見て、この背徳的な砂糖のまぶしっぷり」

ああ、と延は顔を上げた。その手もと、スマートフォンの画面がチラと見える。表示されていたのは、詳細な園内マップだ。一緒に見るか、と問われて首を傾げる。

「迷子になりつつ雰囲気満喫するのが、旅の醍醐味じゃないの？」

「おまえ、いつの時代の人間だよ。今はアプリがねえと満喫なんかできねーの」

「ふぅん……？　目の前の現実、ちゃんと見たほうが楽しいと思うけど……あっ、いけない。延、ここの入園料っていくらだった？　忘れないうちに払わないと」

思い出して問えば、延は立ち上がりながら言う。

「誘ったほうが払うって、おまえ、こないだ言ったよな」

「言っ……たかもしれないけど、ラーメンとは値段が違うでしょ」

「大して変わんねえよ」

そんなはずがない。その金銭感覚、一般的だと思っているなら改めたほうがいい。

叱ってやろうとすると、延はふいに体を屈めた。

チュロスの先、五センチほどを齧り取られて、あーっと声が出てしまう。

「お腹、空いてないんじゃなかったの!?」

食べるなら二本買ってきたのに。

愕然とする紗英の前、延は唇についた砂糖を親指ですっと拭う。

「味見。つか、甘」

直後、ペロリとその親指を舐める舌の赤さに、何故だか心臓が跳ねた。

「さて、行くか。なんか乗るだろ」

「……えっと、う、うん」

「なんだ、煮え切らねーな。近くにボートの室内ライドがあるから、まずはそこでいいよな。おい紗英、食いもん持ってたら乗り物には乗れないからな」

「わかった、食べる」

齧りついたものの、直後、ある事実に気付き味がぱたっとわからなくなる。

これって、もしかしなくても間接キスなのでは――いや、いやいやいや、あんなこともこんなこともしたあとに、そんな些細な接触に過敏になってどうする。

頭ではわかっているのに、乱れた鼓動は一向に落ち着いてくれない。

その後、メリーゴーラウンドに乗ったり、最前列でショーを見たり、海辺のレストランで食事をしたり――あちこちにできている行列を横目に不思議とすべてがスムーズだった。

そう、ジェットコースターで延が酔ったこと以外は。

「大丈夫？　そこがカフェだから、入って休みましょ」

「……問題ねーし」

「ありまくりでしょ。もうっ。絶叫系が苦手なら苦手って、先に言ってくれたらよかったのに」

「そんな格好悪いとこ、見せられるかよ……」

強がりながらも口もとを押さえる様子を見て、紗英はすぐさま近くのベンチに延を腰掛けさせた。上体を曲げ、ぐったりと項垂れた姿は限界といったふうだ。

隣に腰を下ろし、丸まった背中をさすってやる。

か細い声で、延は唸る。

「……幻滅したか？」

「そんなわけないでしょ」

むしろ可愛げがある。などと言ったら、延は怒るに決まっているが。

幼い頃から、弱い部分を他人に見せたがらない性格だった。忙しい両親に遠慮し、強がっているうちに、そういう部分を曝け出せなくなってしまったのだろう。

誘拐未遂事件のときも、攫われかけて怖かっただろうに、涙を零したのは紗英が怪我を負ってから。裏路地に、ふたりきりになってからだった。

「ねえ延、覚えてる？」

「…………何を」

「延の小六の夏休み。受験勉強ばっかじゃ頭がパンクしちゃうからって、軽井沢《かるいざわ》の別荘に行ったじゃない。ご両親がわたしのことも招待してくれて」

突然何を言うのかと言いたげに、延が視線だけをこちらに向ける。目が合って、ちょっと笑って、紗英は当時のあどけない少年の姿を脳裏に浮かべる。

当時——。

延は人が変わったように勉学に打ち込んでいた。

あんなに嫌がっていた中学受験を、どんな心境の変化か、延はいきなりすることにしたのだ。

進級したあたりからめきめき力をつけ、その頃は志望校をワンランク上げようというところまで到達していた。

あまりに延が一生懸命になるので、ご両親も応援したくなったのだろう。

長期休みには家族で予定を合わせて、息抜きをしようという話になった。誘拐未遂事件のあと、しばらく在宅で仕事をしていた両親はすでに元の生活に戻っていて、あまり団欒の時間も取れていないようだったから、よかったな、と思ったものだ。

直後に自分も誘われて、仰天したけれど。

「でさ、夜、窓からカブトムシが飛び込んできたじゃない。お父さまが張り切って捕まえて、延に手渡そうとしたら、延、きゃーって悲鳴上げて逃げちゃって」

「そこまで思い出さなくていい」

「さんざん憎たらしい口をきいておきながら、ふふ、昆虫が苦手って……ふふふ！」

肩を揺すって笑っていると、延がのそりと頭をもたげた。

「そういう情けないところをすでに知ってるから、これ以上幻滅しねえって？」

不服中の不服といったふうな表情だ。

「違うわ。あのあと、お父さま、ひどく落ち込んだじゃない？　息子が昆虫嫌いってことすら知らなかった、父親失格だって。だからか延、冷や汗かきながら強がって、そのカブトムシを自宅へ持って帰ったのよね。覚えてる？」

「覚えてねえし、もうこの話、やめない？　いい予感がしねえ」

「待ってよ。ここからが本題なんだから」

紗英はリュックを下ろし、膝の上で外ポケットをごそごそ探る。確かこの辺に入れてきたはずだ——乗り物酔いに効くもの。

「延はね、誰かの労力を絶対に無駄にしない人よ」

「あ……？」

「あのときは、一生懸命に昆虫を捕まえてくれたお父さまの労力。そして今は、わたしよね。すこしでも歩かせないよう、疲れないよう、計画してくれたんでしょ」

だからことごとく、すんなり進めている。

恐らく、延が弄っていたアプリだ。あれで予約をしたりしていたのだろう。

今朝は迷子になるのが醍醐味だなんて言ったが、そんなことはなかった。延がいなければ、紗英はあらゆる行列に並び続け、疲れただけで一日を終えたはずだ。

「おかげで、すっごく楽しい！　ね、これ以上、どこに格好つける必要があるの？」

紗英はようやく、リュックからハッカ油の小瓶を取り出す。昔から、乗り物酔いと言えばこれだ。もっと早くに思い出せばよかった。

蓋を取り、小指で延の鼻先にちょんと塗ってやる。

どうかな、と問うつもりで首を傾げて見つめたら、延は喉に何か詰まったような表情になり、目だけすいっとそっぽを向いた。

「……この、人たらしが」

「ん？」

「無節操にこういうの、誰にでもやるのやめろよな。あの中田って奴にはとくに」

「なんで突然、中田くんの名前が挙がるのよ」

「ポカンとしてんじゃねえ。……まあいい。今回は、不意打ちをくらうだけで終わるつもりはないんだ。よし、おかげで持ち直した。行くか」

言うなり立ち上がり、右肘を「ほら」と突き出して見せる。

「えと、僕の肘をお食べ的な？」

「ちっげーよ!!　なんでおまえ、すぐ食う方向に行くんだよっ」

左手を引っ張られて、立ち上がらざるを得なくなる。紗英が慌てて右手でリュックを胸に抱くと、左手はすでに延の肘へ持って行かれていた。

つまり、エスコートするから摑まれと延は言いたかったのだ。

歩き出した延は、無言ながらも紗英に歩調を合わせてくれた。だから、ごっこ遊びみたいだな、なんて思ったことは言わないでおく。

やがてたどり着いたのは、園外に立つホテルのエントランスだった。

「ちょっと待って」

思わず立ち止まる。

まさかとは思うけど、泊まるとか言わないよね。とはまだ口に出してはいないのに「誤解すんな」と延は答えて、さらに紗英の手を引く。

しかしホテルにやってくる理由は宿泊か、あるいは食事くらいだろう。食事は済ませたばかりだし、すると宿泊しかできることは思い浮かばない。いや、もしかしてフィットネスとか、プールだろうか。

でも、わざわざ一時退園までして体を鍛える？

混乱する紗英を連れ、延は真っ直ぐにフロントへ行く。そしてカウンター越しに、ホテルマンになにやら耳打ちをした。

こちらへ、と案内されたのはフロアの奥だ。客室とは正反対の通路の先、薔薇の花の装飾が美しい扉を開けば、そこは鏡がずらりと並ぶファンタジックな部屋で——。

「ここ……」

レストランではない。

鏡の前の椅子には、子供がひとりずつ座っている。

手前には、それを微笑ましげに見守っている保護者たち。

そして子供たちは数人のスタッフに囲まれ、それぞれヘアセットやメイク、ネイルなどを施されている。

「うちが出資してるアクティビティだよ」

「王美堂が？　スポンサーってこと？」

「そう。ここでは衣装のレンタルに加え、メイク、ヘアセットまで全身トータルで変身体験が味わえる。対象は、十二歳以下の子供だ。デパートのコスメフロアじゃ考えられないだろ」

延の言葉を聞きながら、紗英は室内に歩み入る。

丸みのあるパステルカラーのインテリアをはじめ、椅子や照明などの設備はすべて、子供向けの大きさに揃えられている。コンパクトや手鏡、メイクブラシだって、市場では見掛けない凝ったデザインだ。

「……もしかして全部、特注なの？」

「ああ。コスメの中身も子供向けで、肌に特別優しい。国産オーガニック、自然由来の成分を厳選して配合し、そのうえ石鹸で洗えば落ちる」

細い顎で示されたのは、スタッフの手もとにあるパレットだ。アイカラーとチークを兼ねているのだろう。各色、宝石の形に固められていて、夢のように可愛い。

「素敵。宝石箱みたい……」

「だろ。これはアクテビティに参加しなければ手に入らない、レアものでもある」

「勿体ない！　こんなによくできたキッズコスメ、大人だって欲しくなるわ」

メイクをされている子供たちは、皆、いい顔をしている。

緊張しつつも、つぶらな瞳をぴかぴかに輝かせて、夢のような時間に胸を躍らせている。

ひと通り仕上がって部屋を出て行く姿は、誇らしげで、背すじが伸びていて、ハッとさせられるほどだ。

（知らなかった。こんな世界があるなんて）

そうだ、と紗英は思いつく。

今度、キッズコスメを特集してみるというのはどうだろう。

大人でも、肌が弱い人には使いやすいはずだ。種類は豊富ではないだろうし、簡単にオフできるとなると持ちが心配だが、調べてみる価値はある――ああ、ワクワクする。

「ありがとう、延」

「うん?」

「ここをわたしに見せるために、テーマパークに連れてきてくれたのね」

「ああ、まあ、そうだけど」

「いきなり照れないでよ。そこは、自信を持って肯定するところでしょ」

それで『そのうちわかる』だったのか。

仕上げられていくメイクを遠目に見つめていると「あの」と背後から声がする。振り返ると、アクティビティに参加中の子供の母親と思しき、若い女性が立っていた。

「紗英さんですよね? 『難隠し』メイクの……」

「えっ、は、はい」

「やっぱり! いつもSNSで観てますっ」

まさかのフォロワーだ。

紗英は驚き、咄嗟にはありがとうございますとしか言えなかった。

ここ数年、SNSでメイク動画を配信してきたが、フォロワーに出会ったのは初めてだ。

最近、企業からの仕事の依頼がぐっと増えたり、いいね数も桁が変わったな、とは思っていたけれど、こんな手ごたえは初めて感じる。

目を丸くしている延もまた、予想外だったに違いない。

女性は言う。

「実はうちの子、こめかみに生まれつきアザがあるんです。ほら、そこの」

指差すほうを見てみれば、ネイルを施術中の女の子がぱっと背すじを伸ばした。

彼女もまた、紗英の存在に気付いたのだろう。「さえちゃん⁉」と椅子から立ち上がらん勢いで叫ぶ。

その小さな右のこめかみには、確かに青っぽいアザが見受けられる。

「小学校に通い始めてから、すごく気にし出して……。どうにか隠してやれないかって思ってたとき、紗英さんの動画を見つけたんです。すごく勇気をもらいました」

「勇気……わたしの、動画に？」

「そうです。紗英さん、すっぴんでも堂々とカメラの前に立たれるじゃないですか。こんなアザ、気にしなくていいんだって娘も思えたみたいです。それで今日は、紗英さんみたいにメイクしたくてここに。まさか、ご本人にお会いできるなんて！」

キラキラした目で見つめられ、恐縮してしまう。

メイク動画を撮るにあたって、たいそうな志を持ったことはない。額の傷痕をカバーするため、ひいては難点の誤魔化し方を研究するために、なんとなく始めたのだ。

だから、コンプレックスを前向きに捉えようという主旨の発信でもなかった。

それなのに、こんなふうにポジティブに受け取ってくれる人がいたなんて。

「これからも頑張ってくださいね！」

「さえちゃん、だいすき。がんばってねっ」

メイクを終えた子供に手を振って見送られて、胸がいっぱいになる。

「ありがとうございます!!」

ぺこぺことお辞儀をしながら別れると、やけに大きなことを成し遂げたような達成感で、身体中が満たされた。

夢かもしれない。

目頭が、焼けるように熱い。

「延、どうしよう。わたし、泣きそう」

ロビーに戻ったところで、延の袖口を引いた。

景色が歪み切っていて、これ以上はもう一歩だって進めそうにない。

「……っ」

肩を震わせて俯くと、延は「ちょっと待ってろ」とひと言、先ほどと同じフロントへと駆けて行った。

「こっちだ」

数分後、延に連れられ、どこをどう歩いたのかは覚えていない。

すでにボロボロ涙を零し、しゃくり上げるのを我慢するので精いっぱいで、わかったのは足もとに延々と絨毯が敷かれていたことだけ。

やがて、背後でドアがパタリと閉まる。

完全に外の世界から切り離されて、ハッとする。

「え、延……？」

ここって。

もしかして、客室なのでは。

「ここなら、思いっきり泣けるだろ」

「……は」

何を言っているのか。

すぐに外に出なければ。密室でふたりきりなんて、一度失敗しているシチュエーションではないか。

踵を返し、逃げ出そうとしたけれど、失敗だった。

「待てよ。おまえの泣き顔、誰にも見せたくない」

振り向かされ、抱き寄せられてしまったから。

間近で目が合うと、吸い込まれるように延の顔が近づいてきた。仰け反ったものの、ごん、と壁に行き着く後頭部。唇は重なり、熱い舌が、とろりと入り込んでくる――。

「ん……っ」

腰から下の力が抜ける。

みるみる膝が震える。

立っていられなくなりそうで、紗英は反射的に延のコートの前身ごろにしがみついた。

待てができない青年の腕はもう、トレーナーの裾から入り込んできていた。


拒否したつもりだ。

必死になって、抗ったはずだ。

それなのにあっさりベッドに上げられ、衣服を剝ぎ取られ、あまつさえ容易く繫げられてしまった。

己の非力さを恨めしく思う日が来るなんて、十年前には想像もしなかった。

「っア、は……っだからなんで、こうなっちゃうのよぉ……っ」

真上にある、汗ばんだ胸板を弱々しく叩く。もちろん、びくともしない。

無駄な抵抗であることは、紗英だって承知していた。

「俺だって、こんなつもりじゃなかった」

「う、あっ、も、搔き混ぜない、でぇ」

「悪い。もう、今さら、止められない」

広い肩が、紗英の視界を塞いでいる。

まるで蓋をされ、世界から隔絶されているみたいだ。

息苦しくもささやかな空間には、切なげに歪んだ男の顔。じゅくじゅくというテンポのいい湿った音。汗のにおいと、乱れた息――すべてが波のようにゆらゆらと揺れている。

（感じたくないのに……気持ちよくなったらいけないのに、こんな……っ）

延は知らないだろう。

挿入されただけで、紗英がすでに達していることを。

先日延に抱かれるまで、紗英だって知らなかった。自分が、これほど容易く弾けられる体だとは。

ずっと、感じにくいほうだと思っていた。

初体験のときだって、さほど濡れないうちに繋げられ、痛いまま終わって、だからあまりこういう行為は好きではないと思っていたくらいだ。

背徳感に煽られるタイプだったのだろうか。いや、そんなはずがない。そんなはずが――。

「おい、違うこと考えてんじゃねーぞ」

いきなりパンっ、と腰を打ちつけられる。

深々と突き込まれた男のものは、行為に集中しろと言わんばかりだ。

「ひっ、あ」

一瞬焦点が狂うほど、峻烈に感じた。

下腹を内側から限界まで押し上げられ、紗英ははくはくと唇を開け閉めする。

（だめ、くる……きちゃう、とめられない）

枕を摑んで耐えようとしたが、三秒と保たなかった。

腰だけは跳ねさせまいと我慢したものの、下腹部は素直にヒクついてしまう。

「あ、う……ゥぁ、あっ……！」

怖いくらいの絶頂に、身体がのたうつ。

濃密な快感が、全身を溶かして回る――頭の芯まで気持ちいい。耐えていた腰もびく、びく、と揺れ始め、たまらなくなって延の肩にしがみつく。

それでいい、とばかりに口づけを寄越された。

「ン、ふ、ぅ……んんっ……ぁ」

吸われる舌が、混ざり合う体温が、あまりにいい。

奥を押し上げられたまま、紗英はとろんと惚けた顔になる。

「……ん……」

痙攣する襞を押し広げる、怒張した屹立がなんだかいいものに思えてくる。

いくらでも乱されたいような、めちゃくちゃにされてもかまわないような……。こちらに垂れ下がる、汗に濡れた前髪が綺麗だ。じっと見つめてくる、欲の滲んだ視線も──いや。

何を考えているのか。

だめだ。だめに決まっている。

本能に逆らってふいっと他所を向けば、延がむっとした気配がした。耳にふうっと、生ぬるい息を吹きかけられる。

「こっち見ろよ」

「こ、断る……っ」

「抵抗すんな。いいんだろ」

「ぜ……全然、よくないっ」

強がって嘯いたが、襞はひくひくと震えていた。

「嘘つけ」

お見通しとばかりに、延は笑う。

少年っぽさのない、得意げな微笑みだった。

途端に、下腹部がきゅうっと締まる。奥を突かれたときよりも、強く感じるなんてどうかしている。

「……とっとと、終わらせなさいよぉ」

ばかぁ、と振り上げた手は、あっけなく捕まった。

ついでというふうに反対の手も摑まれ、顔の左右に押さえつけられる。

「いやだ」

そして延は、わざとらしくゆっくり、腰を上下させた。

「簡単に済ませてたまるかよ」

「……っ」

「本当は何度だって中に出して、いつまでも挿入ったままでいたいんだ」

男のものが襞を擦って、蜜源を出たり入ったりする。

ねちねちと粘着質な音が響くのは、垂れ流されている蜜の所為だけじゃない。ふたりを隔てている薄い膜——避妊具の所為でもある。

突発的だったと言うわりに、準備がよすぎるような……。つくづく、油断してしまった己が情けない。

「ちゃんと快くする。イきたいだけ、イかせてやる。だから今だけは、全部、許せ」

中を掻き混ぜられながら、胸の先にもしゃぶりつかれる。

何度か吸われたあと、舌を押し付けて先端を擦られると、紗英は内壁がひくつくのを止められなかった。

「や、あ、待っ……両方、いっぺんにされたら……ぁ、んんっ」

性懲りもなく、また弾けてしまう。

首を左右に振って必死に訴えるのに、延が止まる気配はない。それどころかさらに右手で、割れ目を探ってきた。

ほおずきのように腫れた粒は、二度も高みに押し上げられた所為で敏感になりきっている。容赦なくしごかれて、あっけなくまた、昂る。

「ひっ……、え、延っ、それ、やめっ、て」

自由を得た左手を、必死になって振り回す。といっても、緩慢にしか動かなかったのだが。

「おまえ、締め付け、エグいな」

「っ、あ、本当に、いく、いくいく、ぅっ、いっちゃうからぁ、あっあ……！」

「く……、もう、イってんじゃん。中、痙攣すげ……俺も、ヤバい」

もう三度目だというのに、初めて達するかのように新鮮にいい。つまみ上げられている胸の先まで、どろりと溶けていきそうなほど――。

「ッ、今日は、中でイってもいいよな」

直後、震える蜜道のさらに奥に怒張したものが捩じ込まれる。

ぴったりと太もも同士が張り付くと、小さく唾を飲む気配がした。直後、薄っぺらなラテックスが胎内で膨らむ。一度、二度、勢いをつけて注ぎ込まれる液は、勿体ぶっているようでも充分な量がある。

「ぅ、ん、どれだけ出すのよ……ぉ」

これが若さというものだろうか。

もしゴムがなかったら、と想像するとゾクっとした。溢れるほど注がれたら、どうなる？　妊娠――そうだ、延はそれが可能な『男』なのだ。

溜めてたわけじゃねぇし、と延は言い返しながらもまだ吐き出して、紗英の胸にくたりと覆い被さった。

「うるせぇ。出ちまうもんは出ちまうんだよ」

「……っ、終わったなら、ろきなさ、ぃ」

毅然と言ったつもりでも、呂律が回っていなかった。

情けなくて悔しくて、何がなんでも逃げ出そうと両脚をばたつかせたが、上から延にのしかかられていて、ほとんど身動きなど取れない。

「じっとしてろよ。溢れるだろ」

「らったら、早く抜いてよぉ」

「いやだね」

「な、なんれよ。用は済んだれしょ」

「れしょ、っておまえ……くそ、かわ……っ」

延はさらに脱力してしまう。

肩がかすかに震えているのは、笑っているからなのか。

馬鹿にするのもいい加減にして、と言ってやろうとしたら、右肩にのっていた頭がふいに持ち上がった。

「……もう少しだけでいい。一分、いや、十秒だけ。そうしたら、抜くから」

間近に伏せたまつ毛が見えたときには、斜めに口づけられていた。

「ん……っ」

すぐさま口腔内に割り入ってくる舌は、熱くて情熱的だった。

先日のキスはもっと無我夢中だったのに、今日はなんだか丁寧だ。

弾けたばかりで、あらゆる場所が性感帯になっている所為かもしれない。舐め尽くすような強引さも、時折唇をついばまれるのも心地よくて、何も考えられなくなる。

頬や額、鼻先にもちょんちょんと口づけて、延は言う。

「最後にひとつだけ、いいか」

「……なに……？」

「そろそろ認めろよ。俺のこと、もう子供じゃねえって」

紗英は頷く。

ぼうっとしていたから、半分は無意識だ。

「本当に？　一人前の男として、見てくれるか」

「うん……」

おとこ。おとこって、なんだっけ。寝落ちしそうになっていると、続けて、撤回しろと要求される。以前、もう終わりしようと言ったことだ。

深く考えられないまま、流されるようにわかった、と了承した途端、右肩に延の額がことんとのった。

噛み締めるようなため息のあと、内側の圧迫感がすんなりと解消された。やっと、延のものが紗英の中から出て行ったのだ。

「……っ、ふ」

すうっと、眠りに吸い込まれて行く。もう何も考えられない。考えたくない……。

怠い身体で寝返りを打てば「ストップ！」と焦ったふうに腰を摑まれた。

「悪い、ゴム、抜けた」

「は……!?」

一瞬で目が覚めた。

「動くなよ。今、取り除いて――」

急ぎ紗英の脚の付け根を覗き込んだ延は、じわりと顔を赤くする。

「……えっろ」

呟かれて、慌てて身体を起こした紗英は絶句した。

薄緑色の避妊具の口が蜜源から垂れ下がり、あまつさえシーツに白い液を垂らしていたからだ。まさに情事のあと、というふうに。

「ちょっ、なんっ、は、はやく、なんとかしてっ」

「えー、じっくり目に焼き付けさせてくれてもよくねえ?」

「よくねえに決まってるじゃない！　延がやらないなら自分で……」

「おい、やめろ。俺がやる」

結局、延が惜しそうに処理をした。

色々な意味で、紗英は今度こそほっとする。眠気はすっかり吹き飛んでしまったが。

枕もとのデジタル時計には、十七時十五分と表示されている。延の運転でここまで来たが、最寄駅から電車に乗れば自力で自宅まで戻れるだろう。

(帰ろう……流石に一泊は許されない……)

まずはシャワーを浴びよう。あとのことはそれからだ。

そう思い起き上がった紗英だったが、腕を引っ張られ、次の瞬間、またベッドの上に倒されてしまった。

「すっきりした顔で、どこへ行こうとしてんだよ」

カサッというプラスチック音が聞こえて、延の手もとを見た紗英は後悔した。

またひとつ、避妊具の封が切られようとしていたからだ。

「は……？　もう少しだけって、十秒だけって、さっき」

「おまえが帰るつもりなら話は別だ」

「あ、あんなに出したじゃないっ」

「二十歳の性欲をナメんじゃねえよ」

今度こそ思い通りになってなるものかと、紗英は両脚を延の鳩尾目がけて蹴り上げる。

手加減なしで、少しは痛い目を見てもらうつもりだった。

しかし、すかさず足首を捕まえられる。そのまま両脚を持ち上げられ、背中を丸めるようにしてお尻まで浮かされ……。

「真っ赤だ。こんなに血色がよければ、口紅も必要ないな」

またやってしまった。

抵抗するつもりが、余計に不利な状況に陥ったのは、これで二度目だ。

「ば、ばか延……っ」

「おう。おまえ、案外文句のバリエーション少ねえのな」

愉快そうに微笑んだ唇が、秘所に押し当てられる。焦らされもせずに吸い出された突起は、まだぷっくりと膨れたまま――敏感なままだ。

それを舌と唇でめちゃくちゃに蹂躙されたら、間もなくして紗英は逆らう気など失ってしまった。

翌日——。

「じゃあ、また連絡する」

アパートの前に車を停め、延は運転席でそう言う。

紗英は答えなかった。いや、正確に言えば答えられなかったのだ。疲労困憊で。

(なんなの、あの体力……)

昨夜、延が力尽きたのは二時だった。そう、深夜二時である。

紗英は幾度となく弾け、何度か意識を失い、眠ってしまったりもしたあとで、ぐだぐだな状態だった。解放されたものの夢うつつ、身体中が痛いし、自力で自宅へ戻るどころかバスルームにもたどり着けない始末だった。朝になってからも、できたのは着替えだけ。

「紗英？　しんどいなら、部屋まで担いで行ってやろうか？」

問いかける延に緩慢にかぶりを振ってから、無言のまま車を降りる。

担いで行ってもらいたいのはやまやまだ。できれば一歩も動きたくない。でも、このうえ送り狼になどなられたら、目もあてられない。

重い体を引き摺り、アパートの外階段を上る。と、半ばまで来たところでコートのポケットに入れていたスマートフォンが震えた。

部屋の鍵と一緒に引っ張り出してみれば、メッセージが一通届いている。

──先日は失礼しました　僕が言ったこと、忘れてください

中田からだ。

──いるじゃないですか、いい人　流石に、対抗できる気がしません　でも、好きでした　係長のこと、女性としてすごく好きでした

メッセージを読み進めて、紗英は固まる。

女性として好き、とは。

そして、いっぺんに思い出した。親睦会の夜、中田がなにやら言いかけていたことを。

そう、確か、入社直後から気になっていたとか──あれってもしかして、告白だった？

(全然、気付かなかった……)

愕然としてしまう。

どうしてそこに考えが至らなかったのだろう。

鈍感にも程がある。自分で自分を投げ飛ばしたい気分だ。

そうして階段の半ばで、動けなくなっていたときだ。

「どうした、紗英。大丈夫か？」

慌てた様子で、延が階段を駆け上ってくる。

もう帰ったと思っていたが、まだ路肩に車を停めたまま、紗英の様子を見守っていたらしい。

「身体、やっぱり無理なんじゃないか。なあ、このままウチに泊まりに来いよ。そうすれば一日面倒を見てやれるし、明日の朝も職場まで送れるから」

気分が悪くて、動けなくなったとでも思われたに違いない。

平気、と言おうとした紗英は、振り返った途端、どきりとして動けなくなる。

一段下に立っている延の顔が、真正面にあったから。心配そうに寄せられた眉と、本音を窺うような目――そこに、何故だか中田の台詞がリンクして蘇る。

――『年下は嫌いですか⁉』

延と見つめ合ったまま、紗英は瞳を揺らす。

性欲を発散したいだけなら、最初からホテルに連れ込んでしまえば用は足りたはずだ。

それなのに、わざわざテーマパークを選んだ。あちこち予約し、紗英を楽しませようと努力したうえに、絶対に喜ぶであろう場所だって外さなかった。

そもそも何故、子供扱いされるのをあんなに嫌がった？

もう二度と会わないという言葉に、あれほど反発した理由は……。

「紗英？」

気遣わしげに呼ばれた瞬間、わっと全身が沸くようだった。

喉のあたりから額へ、迫り上がるように火照りが広がる。

「……っ本当に、平気だから！」

言うなり背を向け、残りの階段を駆け上った。

どんな顔をしたらいいのかわからない。もしかして延も、だなんて自惚れすぎかもしれない。でも。でも。

でも万が一、そうなのだとしたら。

「紗英っ」

お願い、その声で呼ばないで。

急ぎ鍵を開け、勢いよく部屋に飛び込む。

意外にも延は追ってこなかった。数秒後、諦めたように階段を降りる音が聞こえてくる。

ほっとする反面、じわじわと込み上げてくるのは寂しさだ。なにこれ、なにこれ——やがて車が走り去る気配がしても、紗英の心臓は落ち着かないまま。

気付いたときには膝が折れ、その場にうずくまっていた。

4　御曹司、ヒロインみたいにもだもだする

十日程度、延は落ち込んだ。

紗英に、完全に嫌われたと思った。

（……詰んだ。今度こそ、マジで終わった）

調子に乗ったと自覚している。なにしろ一度目で反省したにもかかわらず、また押し倒した。強引に、セックスしてしまった。

こんなつもりじゃなかった。抱く抱かないの前に、部屋さえ取る気はなかったのだ、当初は。

しかし泣きそうになっている紗英を前に、後悔も理性も太刀打ちできなかった。

ゴムが手もとにあったのもよくなかったのだろう。前回、無責任にも避妊を忘れた己への戒めとして買ったものだ。使うつもりはなかった。が、あれが少々延を強気にさせたと

言えないこともない。

紗英とは——。

あの朝、アパートへ送り届けたきり。

メッセージを送ってもなしのつぶてで、返信どころか既読もつかない。

今度こそ、フラれたと考えるのが妥当だ。

はあ、とため息をついて学食の隅の席でタブレットを開く。画面にぱっと表示されたのは、会議の結果、却下にされたプレゼンの資料だった。

要するに延は、仕事の上でもうまくいかなかったわけで——。

何もする気は起きないが、これで学業まで疎かにするなど愚かの極みだ。

気を取り直して別のファイルを開き、単位取得のためのレポートを作り始める。

「あっ、王美堂くんだーっ」

するとどこから湧いたのか、女子の集団が駆け寄ってきた。

「王美堂くん、会うの久々じゃない？　やっぱ顔がいいーっ」

「ほんと！　もしかして、海外の別荘にでも行ってた？　だってあの王美堂の社長の息子だもんね」

「……俺の名前は王美堂じゃねえ」

失敗した、と延は心の中で舌打ちをする。

こんなことなら、素直に自宅にいればよかった。静かなところにひとりでいるとうだうだ考えてしまうから、学食で作業しようだなんて考えが甘かった。

片手間にメイクしたような顔は次から次へと湧いてきて、あっという間に延を取り囲む。

「じゃあさ、延くんって呼んでいい？」

「何やってんの、延くん」

「えー、あ、それ、明日までのレポート？　私、終わってるから手伝おっか」

このままでは貴重な時間が無駄になる。

タブレットを閉じ、延はすっと席を立つ。

彼女らを振り切って、近くのカフェにでも移動しようと思ったのだ。が、ほぼ全員が子カルガモのごとくぞろぞろあとを追って来た。

「ねえねえ、今度合コン来ない？」

「えー、延くんが行くなら私も行くー」

「付き合ってる子いないんだよね？　いつもひとりでいるもんね、延」

いらっとしたのは、痛いところを突かれたからじゃない。さりげなく呼び捨てにされたからだ。

俺の名前は王美堂じゃねえ、とは言った。だが、下の名前で呼べとも、呼び捨てていいとも言っていない。

家族外でそう呼ぶのは、紗英だけでいい。

「ねえってば、延――」

「うるっせえな」

立ち止まり、振り返る。

きゃーっ、とこの期に及んで黄色い悲鳴を上げられる神経が理解できない。

「馴れ馴れしくすんな。誰とも馴れ合うつもりはねえんだよ」

「でも」

「放っとけ。俺が欲しいのは、俺を背負い投げしてクソガキって罵倒できる奴だけだ」

沸いていたはずの女子たちが、一斉に黙る。一瞬、何を言われているのかわからなかったのだろう。次第に顔を見合わせ、え、と戸惑ったような顔になる。

引いているのだ。別にいい。

紗英以外の女に好かれようなんて、延は考えたこともない。紗英にフラれ、この先の人生、ひとり寂しく生きていかねばならないとしても、別の誰かを見つけようとは思わない。

紗英の代わりなんていない。世界中どこにもだ。

しんとなった集団を置き去りにし、延は大股で屋外に出る。

こうなったら、王美堂本社に移動しよう。ビルの一階にカフェがあるのだ。あそこなら馴れ馴れしく声を掛けてくる者はいないし、知り合いでも、タブレットでなにやら作業しているときえば放っておいてくれる。

そうして駐車場に向かっていると、スマートフォンが鳴った。

母からの着信だった。

『延、今、大学？　忙しいところ、ごめんなさいね』

「どうした？」

『実は、ちょっとお使いをお願いしたくて。「くすのき」さんに、どら焼きの詰め合わせを取りに行ってもらいたいのよ。全部で五十箱。頼んでもいい？』

『くすのき』は、紗英の祖父が経営している老舗の和菓子店だ。

王美堂の先先代が『くすのき』創業者と懇意だった縁で、今でも贔屓にしている。手土産やお持たせとして、どら焼きの表面に王美堂のロゴの焼き印を押した特注品を納品してもらっているのだが。

「五十箱って、予約品だよな。秘書課が行ってくれねーの？」

『みんな出払ってて。お父さんの――社長の出張にふたり着いてっちゃったでしょ。だから手が足りてないみたい。そもそもこれ、いつもの親睦会のお持たせだから』

「ああ……」

母が言うところの親睦会とは、取引先の中でもとくに古い付き合いがある企業の奥さま方を、招いて行う食事会のことだ。

代々、社長の妻が取り仕切ってきた会なので、社内の人間はほとんどノータッチだったりする。

延が幼い頃、母が留守がちだった理由もこれだ。先代——祖母から母に役目が引き継がれたばかりで、脇目を振る余裕もなかっただろう。

「いつもなら『くすのき』が配達してくれるじゃん」

『いつもならね。でも「くすのき」さんでもイレギュラーなことがあったみたいでね』

「イレギュラーって」

『電話口に出た人が、百十箱を六十箱と聞き間違えたらしいの。五十箱の不足よ』

「お、おお……」

母によれば、間違いが発覚したのは今朝『くすのき』が親睦会会場である小料理店に納品にやってきたときらしい。

急ぎ追加で製造し、納品される予定だというが、夕食会終了までに間に合うかどうか。

『くすのき』は老舗とはいえ、普段は店員数名で回している小さな店だ。

手が足りていないのは明らかで、要するに母は延に、追納が間に合うよう『くすのき』へ応援に行ってほしいと言いたいらしい。

『急な話でしょ、だからほかに頼める人がいなくて。延、お願いできない？』

「わかった。今から『くすのき』に向かう」

『ありがとう。助かるわ』

電話を切ろうとすると、そうだわ、と思い出したように母は言った。

『紗英さんに、よろしく伝えてくれる？　あとで食事にでも行きましょうって』

「うん？　なんで紗英？」

『今日ね、紗英さんも「くすのき」さんのお手伝いをしてくれているらしいの』

思わず目を見開く。

紗英も応援に行っているのか。今日は仕事ではなかったのか。もしかして、わざわざ欠勤してまで『くすのき』を手伝っているのか——王美堂のために。

「……伝えておく」

聞いてくれるかどうかはわからないが。

通話を終えるや否や、延は車に飛び乗った。

レポートの提出は明日だが、気にしている場合ではない。大丈夫だ。最悪、納品が済んでから徹夜でこなすこともできる……多分。

アクセルを踏み込みながら、そして延は思う。

やはり紗英のいない人生など、考えられない。もしも紗英がいなければ、延は母からこんなふうに気軽に頼まれ事をされるような関係にはなれなかっただろう。たとえ頼まれたとしても、すげなく断っていたはずだ。

今の延がいるのは、紗英が思春期の要所要所で延を叱り、家族との絆を結んでくれたおかげ。

失えるはずがない。

フラれたも同然でも、諦めきれない。

＊＊＊

「おじいちゃん、生地これでいい？」

「うん、ああ、ちょっとゆるいな。これはじいちゃんが調節するから、紗英は一文字を頼む」

祖父に代わってヘラを持ち、紗英はどら焼きの皮を一枚ずつひっくり返す。

縦に四枚、横に六枚――。

綺麗な円形の焼き跡が残る銅板を、祖父は『一文字』と呼ぶが、それがメーカーの名前なのか機種名なのか、それとも専門用語なのか、紗英は知らない。

知らないけれど、扱いには慣れている。

（久しぶりだな。『くすのき』の厨房に入るの）

手伝いに来てほしい、と祖父から電話を受けたのは今朝のことだ。

事情を聞き、とてもではないが放っておけないと思った紗英は、倉庫の仕事を早退して『くすのき』に駆けつけた。

どら焼き作りには慣れている。

大学を中退したあと、しばらく祖父のもとで見習いをしていたから。と言っても、菓子職人を目指していたわけじゃない。

あの頃は教師になるという夢を失い、自宅にいると学費を工面してくれていた両親に申し訳なく、かといって自立できるほど大人でもなくて、ここ以外に居場所はなかった。

祖母は紗英が中学生の頃に亡くなっていて、部屋も余っていたから、ほとんど住み込みのような形で居座ってしまったわけだが。

「おじいちゃん、ひっくり返したよ。これが焼き上がるまでに生地、できそう？」

尋ねながら振り返った紗英は、ぎょっとしてしまった。

厨房の入口に、いるはずのない人が立っていたからだ。

ジョガーパンツに黒のパーカーをゆるりと着た長身の青年……延だ。

薄暗い背景も手伝って、真っ先に生き霊なんじゃないかと思う。でなければ、考えすぎて幻が見えるまでになってしまったとしか——。

「何を手伝えばいい？」

しかも延は、そう言いながら割烹着を羽織る。

厨房の外に畳んで置いてあった、祖父の割烹着のストックから抜いたのだろう。三角巾を頭に巻く姿を見て、ようやく生身だ、と思う。

「ちょ、ちょっと待って。どうして延まで手伝いに来るの。おじいちゃん、いつの間に延に声を掛けたの？」

焦って問えば、祖父は「いや、じいちゃんは何も」と目を丸くして首を振った。

「事情は母から聞いた」とは、延の言葉だ。

「それ、うちの受注品だろ。俺もやる」

「大丈夫よ。延は気にしないで」

「遠慮すんな。人手、足りてないんだろ」

思わずぐっと答えに詰まる。

確かに人手は足りていない。

『くすのき』は老舗だが小さな店で、大口の注文が入ったとき以外は祖父がひとりで厨房を回している。急遽増産する事態には弱いのだ。

「だけど、延はお客さまだし」

「そんなこと言ってる場合かよ。なあ、じいちゃん、俺にできる仕事は？」

マスクを装着し、延は万全の格好でずんずん迫る。

じいちゃん、というのは延が小学生の頃から使っている呼び名だ。紗英が延の家庭教師になるより先に、延と紗英の祖父には面識があった。母親の買い物に付き合って、店を訪れたりしていたのだと思う。それが、紗英が家庭教師として斡旋されることに繋がったわけだが。

祖父は少々唸り、仕方なく、と言ったふうにしわくちゃの手で奥を示す。

「じゃあ梱包材の準備を頼めるかね」

「わかった！」

それにしても――。

紗英はちらと横目で、延のいるほうを窺う。

（どうしよう、逢っちゃったよ。心の準備、さっぱりできてないのに）

まだしばらくは、距離を置いているつもりだった。

延の気持ちはどうあれ、その可能性に気付いてしまったということが、紗英にとっては大打撃だった。せっかく以前のペースを取り戻せたのに、一気に水の泡だ。またもや、接し方を見失ってしまった。

知ってはいたのだ。

あれ以来、延から何通もメッセージが届いていることは。

未読のままでは申し訳ないとも思っていた。けれど今、延の言葉に触れたら混乱に拍車がかかりそうで、どうしても開けなかった。

未読無視してごめん、とでも言ったほうがいいだろうか。でも、理由を聞かれたらどう説明する？　延に異性として好かれているかもしれないと思ったら、どうしたらいいのかわからなくなった――なんて言えっこない。

紙箱を組み立てている延を、なんとなく遠目に見つめる。よく知っているはずの顔なのに、本当にああいう顔だったっけ、と不思議に思う。喉のあたりが、やけにがっしりしているような。と、視線を感じたのか偶然か、ぱっとその顔が持ち上がった。

目が合って、咄嗟に逸らす。

(うわ、わたし、何やってんの)

ますます気まずくしてどうする。

青ざめたところへ「紗英」と祖父がやってきた。

「生地、できたぞ。焼くの、頼んでいいか。じいちゃん、あんこ挟むから」

「う――うんっ。ここは任せて」

お化けのように大きなボウルを受け取り、紗英は気を引き締め直す。

とりあえず作業に集中しよう。余計なことを考えている暇などないはずだ。

クリーム色の液をひと匙ずつ、銅板に流し入れる。丸く、均等な形になるように……そうして懸命にどら焼きの皮を焼いていると「すげ」と低い声がすぐ後ろからして、飛び上がってしまった。

「相変わらず上手いのな、紗英」

いつの間に近付いて来ていたのか。

いきなりすぎて、言葉が出ない。表情だって取り繕えない。焦りを悟られたくもなくて、ひたすら焦る。

「あのあとも時々、手伝いに来てたのか？」

「な、なんの話……」

「倉庫に就職する前の話。ここで職人見習いみたいなことをしてた時期があっただろ。勘が鈍ってないからさ、ちょくちょく手伝いに来てたのかなって」

「ううん。その、ここ数年は、倉庫のほうが忙しかったから」

声が震えなくてよかった。そうだ。この調子で平常心を装わなくては。

苦し紛れに動かす手を、延はじっと見ている。

その真剣なまなざしに、紗英は見覚えがあった。まさしく、毎日この銅板の前に立っていた頃のことだ。

当時『一文字』は店先にあった。

対面で焼きたてを提供していたのだ。

延は小学校が終わったあと、ＳＰに付き添われてベンツで店先に乗り付けては、銅板の向こうから、どら焼きの皮を焼く紗英をじっと見上げていた。

「あのさ、紗英」

懐かしむような声で、延は言う。

「過去のこと、ひとつ聞いてもいいか」

「……なあに?」

「額の傷痕。なんで手術で消さなかったんだ?」

手術――思えば、その申し出を聞いたのも、ここ『くすのき』に身を寄せていた頃だ。延の両親が訪ねてきて、紗英に頭を下げ、言った。

額の傷を完全に消し切ることはできないが、ある程度は綺麗にできる。腕のいい美容外科医がいるから、紹介させてほしいと。

掛かった費用はすべて負担する、これは息子からの提案でもある、とも言われた。

しかし紗英は、笑顔で断った。

『相賀美さんたちだって被害者じゃないですか。そこまで気にしないでください。それにわたし、こういうことには頓着してないっていうか、ほら、前髪で充分隠せますし』

遠慮したわけじゃない。

実際、わざわざメスを入れる必要性を感じないくらいに、紗英は本気で傷痕のことなど気に掛けていなかった。女優でもモデルでもない自分が、そこまで見てくれに執着する必要はないとも思っていた。

それに——。

紗英はなにより延に、お金さえかければすべて解決できるなんて考えてほしくなかった。何がなくとも、人は前を向ける。

むしろ、自力ではどうにもならないことがあるからこそ、手に入る未来だってある。いずれ、延にそう思ってもらいたかった。

「延は、消したほうがよかったと思ってる？」

手を止めないまま問えば、いや、と延は首を振る。

「俺は、紗英がいいならいい。けど」

「けど？」

「……いや、なんでもねー」

「ええ？　気になるじゃない」

「本当に、なんでもねえよ」

素っ気ない口ぶりだった。これ以上、聞くなと言わんばかりに。

そのまま会話は途切れる。以前はこんな沈黙なんて、気に留めもしなかった。けれど今は妙に焦って、何か話さなければと思ってしまう。

「……っそ、そういえばさ！」

言ってから、話題を探る。

どうしよう、何か。何か話すこと——ああ、もうなんでもいい。

「延、和菓子が大好きだって言ってたわね。だからしょっちゅう覗きに来るんだー、って。今日、もしロスが出たら持ってく？　どら焼き」

「いや、いい」

「遠慮しないでよ。形は悪くても味は保証するわ」

コテで端から皮をひっくり返しつつ言えば、延は申し訳なさげにこう返答した。

「遠慮じゃねえよ。俺、和菓子、本当はダメだし」

「ダメ……って」

「とくにつぶあん。食えないんだ、悪いけど」

驚いて、振り返ってしまう。

「嘘。じゃあ、小学生の頃、なんで毎日のように通ってきてたの。来るたび、買って帰ったどら焼きはどうしてたのよ」

「食ったよ。俺は皮のみだけどな。中身は、甘党の母さんが別のどら焼きに挟んで、倍あんこにして食ったから無駄にはしてない」

「なにそれ」

意味がわからない。

いや、もしかして……と紗英は青ざめる。

「わたしの様子、見に来てたとか？」

延は図星をつかれたように、ぎくりとした顔をした。やはり。

「そうなのね？　わたしが家庭教師をお休みしたり、大学を辞めたりしたから、心配して
……ううん。気になってたのは傷のほう？　どんな痕が残ったのか、いつ治るのか、確認しに来てた？」

だから今になってもまだ、尋ねるのだろうか。消さなくてよかったのか、と。

そうだとしたら、判断を間違えたと言わざるを得ない。

延には負い目に思わないでほしいと伝えたが、傷痕が目の前にあったら申し訳なくなるに決まっている。どうしてそこに考えが至らなかったのだろう。

「ごめん、延、わたし」

変に気を回さずに、手術を受けて消してもらうべきだった。

言い掛けた言葉を、延が焦ったように遮る。

「謝んな。そうじゃない。傷痕があろうがなかろうが、俺はここに通ったよ」

「でも、好きじゃなかったのよね、和菓子」

「そうだけど」

「だったら、なんで？　毎日のように通ってくる理由がほかにあったってこと？　ちゃんと話してよ。でないとわたし、やっぱり申し訳ないって思うしかないじゃない」

食い下がる紗英から、気まずそうに目を逸らす。厄介だとでも言いたげだ。が、引き下がる気は紗英にはなかった。じっとりと延を見つめる。

体力では敵わないが、根比べなら負ける気がしない。

「ねえ」

低く言うと、延はいよいよ追い詰められたのだろう。軽く唸る。

そして腹を決めたように言った。

「……会いたかっただけだ。できることなら、一日も欠かさずに」

「誰に」

「おまえ以外に誰がいるんだよ」

オマエイガイニダレガイルンダヨ――知らない国の言葉に聞こえる。

紗英は動きを止め、数秒そのまま考えた。

対する延は、そっぽを向いたきり。身の置き所がなさそうに、口もとを拭う。所在なく泳ぐ視線と紅潮する耳たぶが、ゆっくりとだが、その台詞の意味を紗英に理解させた。

（わたしに、一日も欠かさずに会いたかったって……それって）

やはり。

考えすぎでも、勘違いでもなくて？

（延……本当に……？）

瞳を揺らした、まさにそのときだ。

「焦がすぞ、紗英っ」と祖父が叫んだ。

「ひっ」

いけない、焼いている最中だった！

慌てて、どら焼きの皮にヘラを入れる。素早く全部、裏返す。案の定、すべて焼き過ぎた色になっていた。痛恨のロスだ。

（わたしの馬鹿っ。余計なこと、考えてる場合じゃないんだってば!!）

その後は無我夢中で作業をこなし、終わったときには午後六時。

延は自分の車で運んでいくつもりだったらしいが、駐車場へ行くと、延の母親によって手配されたバイク便が待っていた。おかげで五十箱のどら焼きは速やかに運ばれていき、三十分後、無事に受け取ったという連絡が来た。

＊＊＊

「延坊、夕飯はうちで食べていくといい。お礼に、寿司でも取ってやるから」

紗英の祖父にそう引き止められ、延は『くすのき』に留まることにした。

遠慮しようかとも思ったのだ。しかし延の返答を待たず、ひとり暮らしの翁はいそいそと晩酌の準備を始める。今夜は賑やかになるぞという嬉しそうな呟きを耳にしたら、とてもではないが無下にはできなかった。

（まだ、紗英の側にいられる）

密かに喜んでいられたのは、居間のこたつに入るまでだ。明日までのレポートが終わっていないとうっかり漏らした結果、延は寿司桶の横でキーボードを叩く羽目になった。

「呑気にどら焼き包んでる場合じゃないじゃない！　どうしてそういう大事なことを先に言わないのっ」

「言ったら帰れって言うだろ」

「当然でしょ。学生の本分は学業なんだから」

紗英はかんかんだ。

味噌汁が入った木の椀を、卓上に置く動作まで荒々しい。長ネギと豆腐、油揚げだけのシンプルな味噌汁は、寿司が届くのに合わせて作られた紗英のお手製だ。

紗英の手料理にありつくのは、これが初めて――拝みたいくらいにありがたい。

「そんなにカリカリすんな。徹夜すれば終わる」

「気軽に睡眠時間を削らないでよ。倒れたらどうすんのよ」

「体力には自信がある」

「体力の問題じゃないわ。ていうか延、おじいちゃんに誘われなかったら夕飯抜くつもりだったでしょ」

肝心な部分は鈍いくせに、妙なところで鋭いのが恨めしい。

「……あ、ウニ」

「誤魔化すんじゃないの。こらっ、いただきますって言ってから食べなさい！」

小言を無視して一貫、口に放り入れる。

うまっ、と呟いたら、後頭部を軽くぺしっとはたかれた。

一瞬、掌が触れただけでも幸せだ。てっきり嫌われたと思っていた。

今日だって、途中までなんとなくぎこちなかったから、こんな一撃にも感謝したくなってしまう。

「紗英も食えば？」

「言われなくても食べるわよっ」

むくれながらも、紗英は延の斜め前にすとんと腰を下ろした。

その左頬には、白っぽいすじが付いている。コンシーラーにしては白すぎるうえ、乾燥してひび割れている。おそらく、どら焼きの生地だ。調理中についたに違いない。

「紗英、動くなよ」

手を伸ばし「なによ」と文句を言われながらも、親指でそこを拭いてやる。

ふんわりと柔らかな、求肥みたいな感触——じいちゃんがいてよかったと、延は思う。

ふたりきりだったら、このまま押し倒していたに違いない。

(懲りねえな、俺)

厨房でも見惚れっぱなしだったことに、紗英は気付いていただろうか。

銅板に向かう真剣なまなざしは、凛々しいのに健気で、一生懸命で、真っ直ぐで……十年前と少しも変わっていなかった。

あの表情が見たくて、小学生の頃、毎日のようにここに通った。傷痕の残る額に滲む汗まで綺麗で、そんなふうに思う自分が後ろめたくて、どきどきした。

相手にされていないとわかっていても、好きだった。嫌われても、諦められない。むしろ今日もっと好きになった。一生懸命な背中を、後ろから抱き締めたくてたまらなかった。

すると、向かいに座っている紗英の祖父が微笑ましげに言った。

「なんだ。おまえたち、夫婦みたいだな」

目を丸くしたあと、延は思わず噴き出した。

「あははっ。じいちゃん、そりゃねーよ」

非現実的すぎる。

もちろん、紗英と結婚できるものならそうしたい。が、現状、せいぜい姉と弟だ。相手にされていないどころか、嫌われてさえいる。

紗英だって、鼻で笑うはずだ。そう思って右に視線をやって、延は我が目を疑った。

笑うどころか、紗英が気まずそうにしていたから。

あからさまに目を泳がせ、かあっと頬を赤らめて。

なんだ、その反応は。つい、じっと見つめてしまう。

どういう理由で、こんな顔になる？　何を考えているのか、さっぱり読めない。

見られて余計にバツが悪くなったのか、紗英は取り繕うように中トロを頬張った。機械的で、いかにも不自然な動作だった。

（うん……？）

これではまるで、照れているかのようではないか。

いや、照れて――いるのか？　本当に？

ありえない、と延は軽く頭を振る。そんなはずがない。なにせ紗英だ。嫌われているかどうかは別として、今まで、延がどんなに思わせぶりな態度をしても通じなかった相手だ。

やはり考えすぎか。何か別の理由で赤面しているのではないか。しかし現状、その別の理由を探すほうがよほど強引で、不自然に違いなかった。

（ひょっとして、意識してんのか、俺を）

過去に感じたことのない手ごたえに、延は密かに息を呑んだ。

5 御曹司、本気で攻める

延が高校に入学した頃の話だ。

『紗英ってさ、どんな男が好みなんだよ』

直球に（延にしては）尋ねてみたことがある。

天邪鬼だったので『選べる立場じゃねぇだろうけど』と、余計なひと言を付け足しつつ。

当時の延は成長期真っ只中で、一年で十センチも背が伸びた。あと少しで、長身の紗英にも追いつこうというときだったのだ。

並んで歩いても、見劣りしない。

だから紗英の好みさえわかれば、死ぬ気で努力するつもりだった。そろそろ、眼鏡に適う男になりたかった。

『ううん、そうねえ』

紗英は腕組みをして考える。その膝の上には、延のテスト対策のテキストがのっている。都内でも有数の進学校に入学した延は、引き続き紗英に勉強を見てもらっていた。次は大学受験だが、その頃には予備校に通うことになるだろう。

『そういえば、考えたことないかも。好みとか』

『じゃあ、何を基準に男と付き合ってんだよ』

『それは、告白されたから』

『言い寄ってくる奴なら誰でもいいのか』

『そんなことはないけど……』

けど、なんなのか。

そんな曖昧な感覚で選ばれ、紗英の隣に立てた男が存在すると思うと、無性に腹が立ってくる。

『なんかあるだろ。言えよ。パッと思いついたことでいい』

『パッと……、じゃあ、独身で浮気しない人？』

『あのな、それは好みじゃなくて、最低条件だろうが』

そうかなぁ、と紗英は首を捻っている。

だったら俺でいいじゃんと、延は言いたくてたまらなかった。独身だし、浮気だってしない。紗英だけを一生愛すると誓う。

素直に言えるようなら、その先も苦労はしなかっただろうが。

『顔とか身長とか、性格とかさ。条件ねえの？』

『思いつかない。ていうか、そういう延はどうなのよ』

『俺？』

『モテるのにどうして誰ともつき合おうとしないの？　つまり延は理想が高いってこと？』

左から顔を覗き込まれて、どきっとする。聞き返されることは想定していなかった。

『べ、別に、俺は』

『わたしを問い詰めておきながら、自分は語らず済ませようなんてフェアじゃないわ。教えてよ。どんな女の子が好みなの？』

おまえだよ。心の中で即答する。

勉強にかこつけてスルーしてしまえたらよかったのだが、この話を始めたのは延だ。語らないのは不自然だし、文句も言えない。

『女の子……っていうか、同級生に興味はない』

『へえ、妹系が好きなんだ』

『ちげーし。上だ、上。それから運動神経がよくて、俺の親ともうまくやれて』

『ふんふん、それで？』

『頭もいいし、器用だし、度胸があって、横顔が綺麗で、背は、そうだな、俺より少しだけ高くて――』

いや、話しすぎた。つい、調子に乗って語ってしまった。

気付かれたかもしれない。ここまで言って、察しない人間なんていないだろう。

やってしまった――。

延が青ざめかけると、紗英は神妙な顔で『それって』と口に手をやる。そして言った。

『実在する人じゃないでしょ』

『……あ？』

『アニメのヒロインとか、でなければアイドルとか？ つまり推しってやつよね。全然そういう気配がなかったから、気付かなかったわ。うん、いいと思う。大事だと思う、熱中すること。高校合格も見事に成し遂げたんだし、そうね、もうすこし趣味に時間を割いても――』

『阿呆か！』

思わず叫んだ。言わずにはいられなかった。

『おまっ……おまえ、恋愛偏差値いくつだよっ。そんだけ鈍くて、よくここまで生きてこられたな!?』

『何よ、いきなり怒り出さないでよ』

『怒らずにいられるかっ。ボケ！』

『ふうん。久々にお仕置きが必要なようね』

何年かぶりに、投げられた。

身長は伸びたが、それだけだ。筋力は到底足りないと気付かされた延は、翌日から朝のジョギングとプランクを始めた。

紗英の好みは謎のままだし、その方向には努力のしようもないが、せめて紗英よりたくましくなろうと決めた十六の春だった。

＊＊＊

どら焼き作りの手伝いをした翌週、紗英はおおいに翻弄される羽目になる。

「よ、紗英」

朝、出勤途中の電車の中に、延が現れたからだ。

グレーのスーツに通勤鞄、新人っぽいフレッシュさはあるものの、サラリーマン然としたその姿に二度見は必至だった。

「な、何してるの」

「出社するところだよ」

「通勤はいつも、車だったじゃない」

「ゆうべ、実家に泊まったから。父さんが出張から帰ってきて、久々に家族団欒ってやつ。車はマンションに停めてるからさ。紗英、今日の昼飯は？　手弁当か？」

「ううん、外に行くつもりだけど」

「だったら、一緒に食わねえ？　紗英の勤め先の最寄駅に、いいカフェ見つけたんだ」

もしかして延は今もまだ眠っているのでは、と思ってしまう。

延のインターン先である王美堂本社は、紗英の勤め先から決して近くはない。うまく電車を乗り継いでも、三十分は掛かるのだ。移動時間だけで昼休憩が終わってしまうではないか。

しかし延は「午後は大学だから」などと言い、本当に昼どきに倉庫までやってきた。

野菜たっぷりの小洒落たランチを一緒に食べながらも、紗英は密かに己の頬をつねった。何が起こっているのか、さっぱりわからなかった。

極めつきは退勤時だ。

延は駅のホームで待ち構えていて、当然のように「どこか寄る？」などとのたまうから、紗英は顎が外れるかと思う。

「誘ったのは俺だから、俺の奢りな」

理解が追いつかないうちに連れて行かれたのは、紗英が以前から気になっていた海老ラーメンの人気店だ。美味しかったことは美味しかったのだけれど、集中しきれなかった。

（なんで？　何を考えてるの）

いや、延の胸の内なんて、もうわかったようなものではないか。

「紗英、明日も仕事だろ。アパートまで送るよ。今日は歩きだけどな」

ラーメン店を出ると、延はそう言って左手を差し出してきた。手を繋ごうというのだろう。反応に困って、目が泳ぐ。

「そ……そこまでしなくてもいいわ。わたし、ひとりで帰る」

「何かあったら大変だろ」

「平気よ。自分の身くらい、自分で守れるし」

「嘘つけ」

強引に握られた右手は、直後に汗だくになる。

引っ込めたくても引っ込められず、咄嗟には肩を竦めるばかりで、動けなかった。

「これからは毎晩、送る」

「っ……」

「朝も可能な限り迎えに来るし、時間が許す日は昼も逢いたい」

逢いたい――そんなストレートな言葉、初めて言われた。いつもの延とは違う。まるで開き直ったみたいだ。

どうして？　抱き竦められているわけでもないのに、うまく息が吸えない。

だからその先は無言のまま、手を引かれてアパートまで戻った。延はまるで忠実な番犬のように、部屋の前まで着いてきた。

名残惜しいと言わんばかりに、指先までなぞってから手を離される。

「おやすみ、紗英」

（……あ……）

おやすみ、と返したいのにできなかった。

玄関ドアが閉まる刹那、見えたのは切なげにこちらを見下ろす瞳だ。

訴えかけるような視線は、幼い延とは別ものなのに、ずっと前からそこにあって、こちらを見つめていた気にさせられる。

次の日も、延は駅で紗英を待っていた。

その次の日は、アパートの前に車が横付けされていた。また別の日は駅の改札に入ったところで出くわしたし、ロータリーに車を停めて待っていたりもした。

爆発的に増した延の存在感は紗英を存分に戸惑わせたけれど、不思議と居心地は悪くなかった。

初めてファンデーションを塗った日のことを、紗英は鮮明に覚えている。

大学に入学した直後だ。

それまではメイクを含め、己を飾る行為には縁遠かった。

単に興味がなかったこともあるが、一番は中学、高校と所属していた柔道部の影響が大きい。汗で落ちるし、柔道着を汚してしまうから、色つきのリップクリームをつけることすらハードルが高かった。

高校卒業までは、それでよかった。

ガラリと世界が変わったのは、大学に進学した春だ。

ついこの間まで同じ制服を着ていた同級生が、一斉にそれぞれの色になった。髪に、服に、アクセサリーに、そしてメイクに——野暮ったい果皮を脱ぎ捨て、まるでみずみずしい果実だけになったみたいに。

そして彼らは、すっぴんのままでいた紗英をドラッグストアへ誘った。勧められるまま購入したクッションファンデを、帰宅後に塗ってみた。友人に教わった通りに、パフでポンポンと。

見違えるほどに、綺麗になった。日焼けした肌が、白磁のようになった。けれどこれで本当にいいのか、いまいちよくわからなかった。テストみたいに正解がないことに、なにより戸惑った。だから購入したクッションファンデは、それきり引き出しに仕舞い込んだ——額に怪我を負うまでは。

（延、まだ待ってるかな……！）

その朝、紗英は急ぎ駅の改札をくぐった。

うっかり寝坊してしまい、十五分も遅れてしまった。

就業時間にはギリギリ間に合うが、いつもの電車には乗れない。そう延にもメッセージを送ったのだけれど、待ってる、とだけ返信があって、それっきり。

慌てて飛び出してきたから、額の傷もいつものように隠せなかった。

「ごめん、延！」

ホームのベンチに後ろ姿を見つけ、駆け寄る。

直後に紗英は、延を前から取り囲む女子たちの存在に気付いた。

それぞれ毛足の長いショートコートやニットのタイトスカート、ヘソ出しのセットアップと華やかな装いだ。

ファンデーション越しにも肌の若々しさが伝わってきて、これは社会人じゃないな、と思う。

「紗英」

気付いた延が顔を上げると、必然的に彼女たちの視線もついてきた。

「誰？」

「年上だよね。うちの大学にいたっけ？」

探るような視線に、紗英はぺこりと会釈をする。

大学の話をするところからして延の同級生、でなくとも同じ大学の仲間だろう。自己紹介すべきか否か迷っていると、立ち上がった延が大股で近づいてきた。

「行くぞ」

「いいの？　お友達なんじゃ……」

いや、と答えた延は本日、黒のスキニーデニムにゆったりしたベージュのコートを羽織り、インターンがある日より幾分学生らしい。

「同じ大学らしいけど、名前も知らない。噂の真相がどうのって聞かれただけ」

「噂？」

「そう。本当にマゾヒストなのか、だと。取り合うまでもねえだろ」

なんの話だろう。

首を傾げているうちに、肩を抱かれた。

そうして方向転換させられそうになったときだ。

「えっ、もしかしてあの紗英⁉」

ショートコートの女の子が声を上げた。

「難隠しメイクの！　その額の傷、そうでしょ⁉」

ほかの女の子たちは意味がわからないという顔だが、彼女は紗英の動画の視聴者に違いない。目を輝かせて迫ってくる。

「は、はい」

「えー、すごーい！　私、紗英のメイク動画よく見てるし！」

視聴者に声を掛けられたのは二度目だ。

ＳＮＳの場には、それだけ紗英の存在が浸透してきているということなのだろう。

「めちゃくちゃ嬉しいっ。ナマ紗英だーっ」

「あはは、ありがとうございます」

「あ、じゃあもしかして、インフルエンサーとしての仕事ってこと？　王美堂の延くんと会ってるのって」

「いえ、そういうわけじゃ」

顔の前で片手を振って否定すると、さらにずいと間近に迫られた。

「てか今日、ノーメイクだよね？」

「その、薄化粧というか、手抜きというか……今朝は寝坊しちゃって」

「ふうん。うわぁ、傷痕、メイクが薄いとよく見える！　痛そう……こんなに酷い怪我、なんでしちゃったの？　私だったら加工もしないで動画撮るなんてできなーい。やっぱ紗英、すごすぎ」

彼女には恐らく他意はない。

純粋に、褒められているのだ。それなのに、何故だろう。なんだか引っ掛かる。

じろじろと角度を変えて、注がれる視線が居心地悪い。自然と友人らしき女の子たちも寄ってきて、傷痕を興味深そうに眺め始める。

「いやぁ、ははは……」

それでも紗英は、笑ってやり過ごそうとした。

何故なら、見られる原因を作ったのは自分自身だ。誰に頼まれたわけでもないのに、SNSで傷痕を公開してきた。気分ひとつで、いきなり見るなだなんて言ってはならないのだと思う。

すると、いきなり視界に影がさす。

「おい」

延の手が、額を横から覆うように被さっている。

「いい加減にしろ。勝手に見てんじゃねぇ」

怒りの滲んだ声が、妙に頼もしく聞こえた。

翳された掌は広く、包み込まれ守られている気分になる。

しかし目の前の女の子は不貞腐れたふうに「なんでよ」と言い返してきた。

「いつも動画で見せてるじゃん。画面越しに見るのも、直接見るのも、紗英からしたら同じ『見られてる』んじゃん。何が違うの。何が、いけないわけ？」

紗英もそう思う。

そもそも見られたくないのなら、ＳＮＳをやらなければいいのだ。多少なりとも配信で金銭を得ている以上、こういう事態も覚悟せねばならない。暴かれようがやじられようが、自己責任というやつではないか。

それでも延は、たじろぎはしなかった。

「クリエイターの『作品』と『本人』を同一視してんじゃねーよ」

「は……？」

「画面越しに観て知った気になってんだろうけど、おまえは紗英にとって赤の他人なんだよ。素性の知れない、不審者かもしれない、見ず知らずの人間なんだ。ズケズケと踏み込んで平気な顔をしてんじゃねえ」

反対側のホームを、快速列車が通り過ぎる。

ごおっと足の下が揺れて、突風が吹き抜ける。

「な、なによ。ああいうのって承認欲求を満たすためにやるんだから、観てもらってナンボじゃん。観てやる人がいなきゃ、儲かんないじゃんっ」

「だから何をされてもありがたく思えって？　いかにも理性が足りない節操なしの暴論だな。額縁の外側まで平然と欲しがるようなクレーマーが、一般客のふりをして作り手の尊厳を踏み躙ってんじゃねえぞ」

言い過ぎだ。口も悪いし、感情的になりすぎている。

だが延の言葉は、紗英の胸に優しく響いた。

公に発信している以上、あれこれ言われるのは仕方のないことだと、紗英は今の今まで締めていた。

性格上、誹謗中傷されたって大して深刻に受け止めたことはないが、裏を返せば、誰のどんな意見でも笑って流せるようでなければ配信なんて続けてはならないと、肩肘を張っていた気もする。

（全然、子供なんかじゃない……）

女の子たちは皆、思うところがあったのか、気まずそうに立ち尽くしている。

「行こう」

延は言って、今度こそ紗英を方向転換させ、歩き出す。ホームに沿って乗り場を移動しながら、紗英は延の横顔を斜め上に見つめる。

対等に思えた。

初めて、延が同じ高さで世界を見ているのだと実感した。

そしてそのことが、紗英はたまらなく嬉しかった。

＊　＊　＊

化粧をしようが、しなかろうが関係ない。

どんな姿だって、紗英は誰よりも綺麗だ。

紗英さえ気にしないのなら、傷痕なんて隠さなくていいとも思う。しかし相反する感情を、延は実はもうずいぶん前から胸に抱え続けてきた。

「あの、さ」

車両に乗り込み、吊り革に並んで摑まったところで、紗英が口を開いた。

なんとなく決まり悪そうに、ほんの少しだけくすぐったそうに。

「さっきは……ありがと」

「何が」

「わたしのこと、クリエイターだって。動画のこと、作品だって言ってくれたじゃない。嬉しかった。わたし、延に比べたら全然考えが足りなくて……それなのにSNSやってたんだなぁって、反省しきりよ」

「んなことねーだろ」

「ほんと、ごめん。こんなことになるなら、帽子でも被って、マスクしてくればよかった」

紗英は口角を上げたが、笑顔としては明らかに硬かった。先ほど、図々しい女子たちに言われたことが耳に残っているのかもしれない。

紗英は何も悪くないのに。

部外者に好き放題言わせる前に、退散できなかったことが心底悔やまれる。

「誤解すんなよ」

「何を？」

「俺が紗英の額を隠したこと。傷痕、隠しておけって言いたかったわけじゃない。見られたら恥ずかしいものだと思ってるわけでもない。もちろん、負い目に感じてるわけでもねーよ」

「……うん、わかってる」

頷いた紗英を見下ろし、延はまだ、その額を覆い隠したい衝動に駆られる。

堂々としていてほしい――隠してしまいたい。矛盾している。でも。

初めて紗英のメイク動画を観たときのことを、延は昨日のように思い出せる。

当時、紗英は倉庫で働き始めたばかりだった。

それまで祖父の家に住み込みで『くすのき』を手伝っていたのだが、転職と同時にアパートでひとり暮らしを始めた。だからそれまでのように、学校帰りにどら焼きを買いに立ち寄れば会えるという、気軽な距離ではなくなってしまった。

このまま遠くへ行ってしまうのではないか。

知らないうちに大人の男に掻っ攫われ、完全に手が届かなくなってしまうのではないか。

数日会えないだけで、心配で心配でたまらなかった。

そんなときだ。

紗英がSNSを始めたと、母から聞いた。

今後、メイク動画を公開していくらしい。部屋へ駆け込み、すぐにスマートフォンで検索した。

紗英――難隠しメイク研究中。

名前からすぐにわかって、動画を急ぎタップした。

『わたしは、かの有名な魔法使いをリスペクトする社畜。この傷痕を、メイクで完全に隠してみせる』

早送りの映像にのせて、そんな音声が流れる。

すっぴんのまま前髪を捲り上げ、傷痕を惜しげもなく晒す紗英の姿がループする。

なんだこりゃ、と最初は思った。

しかし二本目、三本目と動画が上がると、フォロワーの数はぐんぐん伸びた。

あっけらかんとした紗英のキャラクターと、突き詰めずにはいられないオタク気質、そしてめきめき上がるメイクの腕前が、世間の注目を集めたのだろう。

半年もすれば、紗英はアーティストさながらの技術を身につけていた。

市販のコスメでも、特殊メイクよろしく完璧に、傷痕を隠せるようになったのだ。

（すごい。化粧って、あんなこともできるのか）

感動すると同時に、延は何故だか少々の反発を覚えた。

一度は、どうにかして消してやりたいと願った傷痕だ。それなのにメイクでまっさらにされると、こうじゃない、と思ってしまう。

思い出すのは『くすのき』で、どら焼きを焼いていた紗英の顔。汗の滲む額に、うっすらと浮き出ていた桃色の傷痕がきれいだった。

――なんで隠すんだよ。

手術をしないと決めたなら……まったく気にならないというのなら、どうしてメイクで塗り潰そうとする？

その痕もひっくるめて、紗英じゃないか。

できることなら延は、いつまでも『くすのき』で紗英を眺めていたかった。

自分だけの宝物にしておきたかった。誰にも邪魔されたくなかった。自分でもおかしいと思うけれど、隠さぬままの傷痕こそを、延は独占していたかった。

「俺のだから、それ」

揺れる列車の中、ぼそっと言うと、紗英がこちらを「えっ？」と見上げる。

「おまえの額についてはいるけど、俺のだから」

単なる傷痕なんかじゃない。

これは、紗英が延の過ちを受け入れてくれた証でもあるのだ。

目を丸くしている紗英の額に、吸い込まれるように口づける。傷痕の上で、チュ、と密かに音を立てる。

「な……！」

紗英は頬を赤くして飛び退いたが、すぐに追い掛け、扉の横に閉じ込めた。

「だめだからね。公衆の面前よ。もう一回したら、殴るからねっ」

「いいよ、別に。おまえにならら、殴られても。つか……殴って」

そろそろガツンとやられないといけない気がする。

だって歯止めが利かない。『くすのき』で照れ顔を目の当たりにした日から。ひょっとしたら、可能性はゼロではないのではないか。押して、押して、押しまくれば、落ちてきてくれるかもしれない――。

（……好きだ）

念じるように目を伏せて、体を屈める。

無防備なつむじに、強気のキスをする。

「殴んねえの？」

少し斜めに顔を覗き込むと、紗英は窮したように口を開閉させ、耳まで赤くなった。

「マゾって、こういうことだったわけ……っ」

結局、殴られないまま、いつものように乗り継ぎの駅で別れた。

大学で講義をひとつ受けたあと、帰宅して新しい企画書を練る。次こそ、成功させてみせる。紗英がどん底から這い上がったように、自分だって。

しばし集中し、紗英の退勤時間になると、駅までわざわざ迎えに行った。

夕飯は、駅ビルの中の洒落たイタリアンで。最近、ラーメン屋を避けてデートらしい店に誘導していることに、紗英は気付いているのかいないのか――。

この日、何故だか紗英は言葉少なで、アパートへ送る道すがら、ふたりの間に会話はほとんどなかった。

「じゃ、また明日な」

紗英の部屋の前で、そう言ってドアを閉めようとする。と、ふいに袖口を掴まれた。悩みに悩んで、しかし咄嗟にそうしてしまったかのように。

「どうした？　明日、仕事休みか？」

「ううん、や、うん、そう……なんだけど。もうすぐ年度末だし、有休消化のために休みを取ってて、でも、それは関係なくて」

何が言いたいのだろう。やけに歯切れが悪い。

聞き返そうと唇を開きかけたら、紗英は俯いて、細い声で言った。

「お茶、飲んで行かない……？」

聞き間違いじゃないかと思う。

帰り際に引き留められたのは初めてだったからだ。

「その、たいしたお茶じゃないんだけど。普通のスーパーに売ってるようなやつだけど、デカフェのハーブティーもあるから、一杯だけでも」

「……いいのか」

「あ、うん。延は明日、大学だっけ？　忙しいならいいの。でも、なんていうか、少しだけ。もうちょっとだけ、延と話したいっていうか……だめ……かな」

視線を彷徨わせる紗英は、己の言葉にもかかわらず戸惑っているみたいだ。

延はじわじわと頬が熱くなるのを感じる。

今まで、名残惜しいのは自分ばかりだと思っていた。そうではなかったのだろうか。それとも今回に限って、なのか。あるいは気まぐれか――？

いや、どっちでもいい。

半分開いた扉に、手を掛ける。

「俺、男だけど？」

カマをかけると、どきりとしたふうに紗英の肩が跳ねた。

目はまだ合わない。やはりやめる、と言われるかもしれないと思った。が、紗英は俯いたまま、小声で言う。

「わ……かってる……」

その言葉を聞くや否や、扉をこじ開けるようにして部屋に入る。半畳以下の狭い玄関、壁に紗英を追い詰めて唇を奪う。

＊　＊　＊

「……っ、ふ……」

久々に触れた唇が、紗英の全身を歓喜で満たす。

もう少しだけ、延と話したかった。その気持ちに、嘘はなかった。

でも今は伝わる体温が心地良くて、ふわふわと酔っていくようで、本当に欲しかったのはこれなんじゃないかと思わされてしまう。

「ん……ぅ、んん」

角度を変えて連なるキスを受け止めているうちに、着衣は乱されていた。

いつの間に、ダウンコートを上がり端に投げ捨てられたのか。覚えがない。

ワンピースは背中のファスナーを下ろされ、胸まではだけさせられているし、タイツと一緒にずり下げられた下着は、膝の部分で止まったきりだ。

そうして両脚が束ねられている状態だから、付け根を探られても動けなかった。

「う、ぁ！」

割れ目を撫でられ、声を上げてから、ハッとして口を押さえた。

延のマンションと違って、ここは壁が薄い。そのことを忘れて喘いだら近所迷惑間違いなしだし、今後、同じ部屋に住みにくくなる。

「……顔、俺の肩に押し付けとけば」

「んっ……ン、メイク、ついちゃう」

「薄化粧なんだろ」

「ううん。会社……出るとき、塗り直してきた……から」

今朝、あんなことがあったから、じゃない。

このところ、延と食事に行く先が、なんだかお洒落な店ばかりだから。

きっと、ひとりなら気にしないのだ。ドレスコードがあるわけでなし、ラーメン店に立ち寄るときと同じでかまわないだろう、と。

でも、延が一緒だと思うと気になる。それなりの格好でないと、申し訳ないと思ってしまう。それでメイクもしっかり直してきたし、朝、きちんとしたワンピースを選んだりもしたのだが。

「いいよ、別に」

ほら、と突き出されたのは、白いカットソーを纏った筋肉痛な肩だ。ベージュのコートは、やはり上がり端に脱ぎ捨てられている。こんな高そうな服、汚せない。

紗英はふるふるとかぶりを振ったが、脚の付け根の粒をダイレクトにつままれたら、延の言葉に甘えるしかなかった。

「ッは、……ぅ」

がっしりした左肩で、口を押さえて声を殺す。

きゅ、きゅ、と小刻みに加えられる力が絶妙で、否応なしに膝が震えた。

思えば、ホテルで真夜中まで貪られてからというもの、あれだけ側にいたのに、手を出されることはなかった。その間、まるでずっと焦らされていたみたいだ。

みるみる、溶け出していくのがわかる。

「すげ……もう、トロットロじゃん」

長い指は、ゆっくりと入り込んで来た。

敏感な粒を間に挟んだまま、二本いっぺんに。

(気持ちいい……延に触られるの、やっぱりすごく、いい)

紗英は、はあっ、と甘く吐息した。

身体の内側を明け渡すだけで恍惚とさせられるなんてこと、過去にはなかった。

「んっ、ぅ、ふ……っ」

「ずっとうねってる。紗英、ナカを弄られんの好きだよな」

埋めた指を動かされると、ぬちゃぬちゃと湿った音が狭い玄関に響いた。

「一番好きなのは、ココだろ。俺の中指が、あたってるところ」

「あ！　ッア、そこ、擦らない、でっ、ぇ」

「襞がめちゃくちゃ絡んでくるから、よくわかる。俺ので押し上げると、いつも入口をぎゅうって締めて応えてくれるよな」

そんなふうに言われると、つられて蜜口が収縮してしまう。耐えきれず二度、三度とそこをヒクつかせると、右耳にくすりと小さく息が吹きかかった。

「いい顔。他所で見せられないくらい、トロけてんじゃん」

「んんぅ……ぁ、あ」

「今、甘イキしてんだろ。締まりが、激しくなった」

意地悪な指摘が、ちょっぴり恨めしい。

知らないふりをしていればいいのに。わざわざ口に出さなくてもいいのに。

紗英はムッとして顔を背けたけれど、強引なキスで元に戻された。口の中をいっぱいにされた状態で、びく、びく、と肩を揺らして快感の余韻を味わう。

（だめ……もう、立っていられない……）

へたり込みそうになって、内側の指がずるりと抜けた。

ん、と短く声を上げると、体をひっくり返される。壁に正面からもたれ、両手を顔の横に置いたら、腰を後ろに突き出すように引っ張られた。

「あ」

てっきり、後ろから繋げられるのだと思った。

ずっしりとしたものを想像して、勝手に腰が揺れる。しかし直後、蜜口にあてがわれたのは、またもや延の指だった。

ゆっくりとそれを二本、埋め戻されながら紗英は戸惑う。

「な……んで……」

「俺のが欲しかった、って？　悪い。持ち合わせがないんだよ」

というのは、避妊具のことだろう。

紗英だって、延とこんなふうになる前はしばらく相手なんていなかったから、そんなものは常備していない。

「今日は、たっぷり弄ってイかせてやる。紗英が、泣いて嫌がるまで」

「っえ」

「おまえのイイところなら、ほとんど把握してるから」

内側の指をぐるりと回され、お腹ではなくお尻のほうをぐっと押される。

後ろから抱かれるとき、延の先端が当たる場所だ。正面から繋がったら決して刺激されないそこを、クニクニと捏ね回されて高い声が漏れる。

「ッひぁっ、あ……！」

どこがひときわ感じるかなんて、延に伝えた覚えはない。が、つまり延はこれまで行為をする中で、紗英の反応を見極めてきたのだろう。

道理で、気持ちいいわけだ。

「声、そんなに上げていいのかよ」

「ふっう……ァ、あっ、だってがまん、できな……っまた、イきそ……っ」

腰を揺らして弾けかけると、追い打ちをかけるように胸の頂を撫でられた。体の下に垂れ下がった乳房の、先端だけを腕で捉えて左右にすりすりと擦るように。

「アっ、い、っく……イく、っ、う――んんっ!!」

唇を噛んではみたものの、無駄な足掻きだった。

怒濤の快感に口もとが緩んで、あっという間にまた、甘い声が漏れ出す。

幾度となく迎えた絶頂に、紗英は泣いて嫌がりはしなかったが、代わりに途中で意識を失った。体力も、欲も、精神力も、延には二度と敵う気がしない。


目覚めたときには、すでに延の姿はなかった。

大学にでも行ったのだろう。ぼうっとしながら、朝ご飯くらい出してあげればよかった、なんて後悔しながらキッチンへ行くと、シンクの横に置かれたメモ紙に気付く。

『朝食』

延の筆跡で、たった二文字。

なんのことかと周囲を見れば、コンロの上に小鍋が据えてある。蓋を開けるとふわっと湯気が上がり、ミネストローネができていた。

「いつの間に……、っていうか延、料理できたんだ」

というのは、延に失礼だろうか。でも、延が包丁を握っている姿は想像できない。

少年の頃から成長を見守ってきて、延のことはよくわかっているつもりだった。いいところも、悪いところも、誰より知っているつもりだった。

そう、全部、ただの「つもり」だったのだと最近、痛感している。

「……おいしい」

延お手製のミネストローネは、あり合わせの材料ながらきちんと美味しかった。

案外、料理し慣れているのかもしれない。以前話したときは、自炊なんてほとんどしていないような口ぶりだったのに——いや、照れ隠しだったのか。

気付けば、もっと知りたいと思っている。

(次は、いつ逢えるんだろう)

明日？　明後日？

来週も、延は駅で待っているのだろうか。また、延の部屋にお邪魔してもいいだろうか。

そんなことをぼんやり考えながら、お代わりしてミネストローネを食べ、それから紗英はシャワーを軽く浴びた。

せっかくの休日だし、動画でも撮ろう。

カメラをセットし、のろのろとドレッサーの前に座る。

今日は新作のドラコスで、ワンホンメイクをするのはどうだろう。

いわゆる、中華系のメイクだ。肌の透明感重視、涙袋をしっかり作り、鮮やかなリップで仕上げる……頭の中で、イメージを固める。

そして紗英はスチームミストをつけ、導入液に化粧水、乳液に美容液と、とにかく保湿をしまくった。くすみも、乾燥も、完璧に消そうと思った。

というのも、頭にはチラチラと、延の同級生たちの肌が浮かんで――。

「もっと血色がよかったのよね……」

呟いてから、ハッとした。

（いや、いやいやいや、なんでわたし、若い子に対抗しようとしてんの？）

いくらメイクに正解がないとはいえ、これは明らかに違う。若さイコール賛美されるものという価値観ではないし、若返りたいなんて思ったこともない。

なかったはずだ。

でも延の隣に立つのなら――。

「っ……」

なんだか心臓が痛くなってきて、ゆるゆるとドレッサーに突っ伏す。

恥ずかしすぎて消えたい。どう考えたっておかしい。

情けなく喘いでしまったときよりもっと、痴態を晒している気分だ。

突っ伏したまま、ごん、とドレッサーに頭を打ちつけた。

続けて何度か、打っておこうと思った。少しは痛い目をみなければ、もとの自分には戻れない気がしたのだ。

途端、折りたたみテーブルの上でスマートフォンが震える。

ドキッとして飛び上がったあと、片手を伸ばしてそれを手に取る。

延からのメッセージが届いていた。

――言い忘れてたけど、母さんが近々、紗英と食事に行きたいって
思わず手が滑って、床にゴトンとスマートフォンが落下する。

頭の先から脚の先まで、一気に血の気が引くようだった。

このタイミングで延の母親から呼び出されるなんて、思い当たる理由はひとつしかない。

バレたのだ。延とのことが。

間違いなく、責められる。元家庭教師の立場を利用し、息子を誑かしたと——最悪、訴訟問題になる。

床に落ちたスマートフォンは、よほど当たりどころが悪かったのだろう。液晶画面に小さなひび割れができていた。

6　御曹司、ついに言質を取る

待ち合わせ場所に指定されたのは、天ぷら専門店だ。

昨夜、紗英は一睡もできなかった。

咎められる。罵倒される。きっと弁護士も同席している。当然だ。覚悟している。

申し訳なさで縮こまりながら店にやってきた紗英は、しかし、

「紗英さん、お久しぶり！　先日は、本当に助かったわ」

延の母親――まどかに笑顔で迎えられて、目が点になった。

「た、助かったとおっしゃいますと……」

「『くすのき』のどら焼き、納品が間に合うように手伝ってくれたでしょう。お仕事もあったでしょうに、いくらお礼を言っても足りないくらいだわ」

「いえ、とんでもない！」

手を振って否定しつつ、膝から崩れ落ちそうになる。

そういえばそんなこともあった。では今日は、お礼としての食事会――どうして延は、そういう大事なことを先に言っておいてくれないのか。

責められると決めつけて、尋ねなかったのは紗英だが。

「お礼を申し上げなければならないのは、こちらのほうです。受注数を間違えたのは『くすのき』ですし、当日は延……延くんにもお手伝いしていただきましたし」

「ふふ、延、お邪魔じゃなかった？」

「とんでもない。とっても心強かったです！」

「それはよかったわ。今日はたくさん食べていってね。ここ、ホタテが一押しなの」

いただけません、と断ろうとも思ったが、ここまで来て辞退するのは、わざわざ時間を作ってくれたまどかに申し訳ない。

「ありがとうございます。いただきます」

通されたのは、個室だ。

畳敷きの和室に掘りごたつ式のカウンター席が造りつけてあり、揚げたてを提供してくれるらしい。予想以上の高級店だ。

紗英は席についても落ち着かなかったが、まどかは慣れたものだ。

コックコートの男性がやってくると、今日もよろしく、と挨拶していた。

「紗英さん、おまかせのコースでいい？　お酒も、付き合ってくれると嬉しいわ」

「はい、喜んで！」

先附が出されたところで「もう十年なのね」とまどかは言う。

「初めてお会いしてから、ですか？」

「ええ。二桁よ、二桁。延なんて人生の半分、紗英さんと一緒にいるのよ」

「あはは、それは考えたことなかったです」

延の母親とふたりきりで話すのは久々だ。

最後は、確か、延が中学三年生のときだった。

反抗期で意思の疎通ができない、どう接したらいいのかわからない、と相談されたのだ。

思春期特有の照れが原因だったので、大してこじれずに解決したが。

「正直言うとね、最初は気乗りしなかったのよ、紗英さんに家庭教師を頼むこと。延はあの通りやんちゃだったし、何人雇っても三日と続かなかったし」

「そうなんですか？」

「そうなのよー。とくに『くすのき』さんは、先先代の頃からの大事な取引先だもの。お孫さんである紗英さんにもし失礼があれば、仲がこじれてしまうんじゃないかって不安で」

微笑むまどかの横顔は、ひと言で言えば「上品」だ。

ほんのり明るい色の巻き髪に、ゴールドの太い輪っかのピアスがよく似合う。

整った顔立ちは延にも通じるところがたくさんあって、なんとなくどきどきしてしまう。

「実際、紗英さんにはとんでもないご迷惑をおかけしてしまったわよね。その後、どう？傷痕は痛んだりしてない？」

「はい、大丈夫です」

「今からでも、もし手術で消したいと思ったら言ってね。お医者さまを紹介するし、費用も持つから」

「いえ、それはないです」

「もう、遠慮するんだから」

「遠慮じゃないですよ。今やこの傷痕、わたしにとってはありがたい存在なんです。ちょっとした収入源にもなってますし、メイクにハマるきっかけにもなってくれましたし」

外資系企業からオファーがあった件を、話そうかどうしようか迷う。王美堂にとってはライバル企業だし……というのもあるが、一番は紗英の気持ちが揺らいでいたからだ。

話を受けるべきか否か。

当初は乗り気だったのに、最近は、引き受けない方向に気持ちが傾きつつある。

というのも――。

初めて体の関係を持った日、延を豹変させるスイッチのひとつになったのが、このオファーの話だった。

その後、延から何か言われたことはない。きちんとした仕事なのだから、外野が口を挟むべきではないと思っているのかもしれない。

でも、だからこそ紗英は、辞退したほうがいい気がしてしまう。

延が嫌がることはしたくない。

そう言ったら、それこそ延に嫌がられそうだが。

「紗英さんって本当、前向きでしっかりしてるわよね。私の若い頃とは大違い。私なんて嫁いだときでさえ社会経験もなくて、世間知らずで……」

「おいくつで結婚なさったんでしたっけ」

「二十歳のとき。大学在学中でね、延を産んだのは、二十一だったわ」

「は、はたち」

つまり紗英との初対面は、三十一だったということだ。今の紗英と二歳しか変わらない。

今、自分に小学生の子供がいたら、なんて想像しようとしても頭が追いつかない。

「若すぎませんか……」

「あら、恋愛に老いも若いもないわよ。私が二十歳のときは主人がすべてで、主人と一緒に生きていけるなら、ほかには何もいらなかったの」

うふふ、とまどかは笑う。そして、まるでここからが本題だと言わんばかりに体を傾けて、言った。

「それで、紗英さんは？」

「え」

「結婚の予定は？　もしかしてお相手がいらしたりする？」

ど直球の質問に、仰け反ってしまう。

「まさか！　ないない、いないです。そんな人」

一瞬、延の顔がよぎったものの、すぐに掻き消した。

それこそありえない。延はなにしろ若すぎる。まどかが嫁いだ年齢と同じ二十歳……と
はいえ、状況も立場も違う。

ましてや、延は笑っていた。

先日、紗英の祖父に夫婦みたいだと言われたとき。そりゃねーよ、と否定したのだ。

(どうしてだろう。あのときは全然気にならなかったのに、今はなんとなく……モヤる
……？)

首を傾げる紗英の隣で、まどかは何故だか嬉しそうに「そうなの！」と声を高くする。

「じゃあ今、お付き合いしている人もいないってこと？　よね？　ね、ね、紗英さんの好
みって？　年上？　年下は、頼りないと思う？」

どこかで聞いたような台詞だ。

どうでしょうね、なんて濁しながら、目の前で揚げられていく天ぷらを見ていると、ハンドバッグの中でスマートフォンがビービーと震え出した。

しまった、電源を切っておくべきだった。

今さら取り出して弄るのも失礼かもしれないし、やり過ごすしかない。そうしてそのまま切れるのを待っていたら、まどかも気付いたらしい。

「出てちょうだい」と笑顔で勧められてしまった。

「いえ、でも」

「急ぎの用事だったら大変よ。ほら、気にしないで」

促されて画面を確認すると『くすのき』と表示されている。祖父からだ。

もしかして、また人手が足りないから助けてほしいという要請だろうか。だとしたら、すぐには無理だと伝えなくては。

「もしもし、おじいちゃん？　ごめん、今ちょっと取り込み中で——」

廊下に出て応じると『あ、紗英！』聞こえてきたのは、切迫した母の声だった。

『すぐに来てっ。おじいちゃんが倒れたのよ！』


いいから行って、というまどかの言葉に甘え、紗英はタクシーに飛び乗った。

早く、早く、とそれだけを唱えながら、止まりそうな心臓を両手で押さえて祈る。

(おじいちゃん、どうか無事でいて)

母によれば、祖父はよろけて倒れ、頭を打ったらしい。が、紗英が聞いたのはそれだけで、意識があるのかどうかもわからない。だから悪い想像ばかりが膨らんで、病院に着くまで生きた心地がしなかった。

「紗英、こっち!」

タクシーを降りたところで、母が駆け寄ってくる。

紗英の到着を待っていたのだろう。すぐそこが救急外来の入口だ。

「おじいちゃんは?」

「今、精密検査中なの。脳内で、出血を起こしているかもしれないって……。お父さんもさっき着いて、病院の中にいるわ」

「倒れたところを見たの? さっき『くすのき』にいたよね」

「目撃したのはパートさんよ。おじいちゃん、フラフラしてるくせに病院にも行かずに仕事してたみたいで、これはまずいって連絡をくれたの。紗英に電話したあと、無理やりここまで運んできたのよ」

ということは、つまり祖父は倒れたあとも意識はあったということだ。

よかった、と言いたいところだが、ふらついているという点が気になる。

もともとふらついていて倒れたのか、転倒して頭を打った影響か。

どちらにせよ脳内出血なんて穏やかじゃない。年齢からして、このまま入院生活になる可能性は高い。いや、その程度で済めばいいが、二度と会えなくなったら——。

（……怖い）

思い出すのは、紗英が挫折をしたときのこと。

祖父は何も言わずに、紗英を受け入れてくれた。黙って働かせてくれたうえ、住む場所や食事まで与えてくれた。さながら、大きくて穏やかなシェルターだった。

それは今もだ。離れていても、祖父は紗英にとって心の拠り所だ。

とてもではないが、なくせない。

「行こう、紗英。お父さんも待ってるから」

しかし、そう言って左腕を摑んだ母の手が震えていた。

母だって怖いのだ。いや、母にとって祖父は実の父親で、紗英よりもっと怖いかもしれない。自分ばかり怖気付いているわけにはいかないと、紗英は懸命に前を向く。

（しっかりしなきゃ）

病院内に入ると、普段混み合う広い待合室に人はまばらだった。休診日だからか、廊下の照明は暗く、売店もシャッターが閉まっていて、雰囲気が物悲しい。

「母さん、紗英」

呼ぶほうを見てみれば、父がベンチに座っていた。ＣＴ室と書かれた部屋の前だ。歩み寄ると、立ち上がって、気遣うように母をベンチに座らせてくれる。

「大丈夫よ、お母さん」

すかさず紗英はしゃがみ込み、ぎゅっと母の手を握った。

「おじいちゃんなら、絶対に大丈夫。だって、わたしのおじいちゃんよ？　わたしが強靭なのは、お母さんだってよく知ってるでしょ」

「……紗英……」

そう、大丈夫だ。だって、まだ祖父が深刻な状況だと医師から言われたわけじゃない。想像だけで悲観的になるなんて、祖父にも失礼ではないか。

とはいえ、胸の中は不安でいっぱいだった。

たとえ、実際にたいしたことはなかったとしても、いつも元気で風邪ひとつ引かない祖父が、倒れたというだけで世界がひっくり返ったみたいだった。

（どうしよう。油断したら、涙、こらえきれなくなる……）

できれば泣きたくない。

悲観していることを認めたくない。前向きに考えるのは得意なはずだ。

（しっかりしてよ、わたし。しっかりしなさい……っ）

懸命に己を奮い立たせていると、バタバタと入口のほうから足音が近づいてくる。

医師だろうか。もしや検査中の祖父に何かあったのでは、と咄嗟に振り向いた紗英は、駆けて来る人の姿に目を見張った。

——延。

まどかから連絡が行ったのだろう。グレーのスウェットとデニムという、明らかに部屋着の格好で、ボサボサの前髪からは急いだ様子が窺える。

紗英の両親に会釈をしてから、延は肩で息をしながら、言った。

「大丈夫か」

というのは、明らかに紗英自身に向けられた言葉だった。

大丈夫だ。大丈夫に決まっている。

「お……」

おじいちゃんなら、今、検査中なの。

そう言おうとして、立ち上がって、しかし次の瞬間、紗英は延の腕に受け止められていた。膝に力が入らず、倒れ込んでしまったらしかった。

「心配すんな」

そして延は、力強い口調で言った。

「俺がついてる」

根拠のない慰めを口にしないところが、かえってありがたく胸に沁みた。

年上らしく強がっていたいのに、延の腕の中は広くて、安心できる温かさで、思わずポロリと涙が溢れた。

「ふ……っ」

らしくない。だけど。

祖父の検査が終わったのは、日が暮れてからだ。

幸い、打った頭に異常はなかった。ふらついていたのは、貧血らしい。医師曰く過労でしょう、とのことで、少しの間、入院して点滴治療を受けることになった。

とっくに定年を迎えている年齢なのに、近頃、無理をし過ぎたのだ。

「あはは、すまんすまん。この通り、ピンピンしてるから」

ベッドの上、のんびり笑う祖父を前に、母は泣きながら怒っている。

「もう！　笑って済む問題だと思ってるんですかっ」

紗英には、怒ったり喜んだりする気力はなかった。祖父が思ったより元気で、安心したはずなのに、まだ膝の感覚が淡くて、指先が震えている。

かろうじて入院の手続きを手伝ったものの、何か所も字を間違えたほど。

「紗英さんは俺が送っていきます」

延がそう言ってくれたので、両親と祖父を残して病院を出た。

どことなくまだ現実ではないような――ガンと殴られたあと、痺れがまだ残っているような。あるいは、ぽっかり空いた底のない穴を、覗き込んでいるみたいな。

とてつもなく大きな不安を前に、紗英にできたのは、助手席のシートの上で靴を脱いで丸くなることだけ。

(……わたし、何やってるの)

今日の今日まで、未来のことなんて何も考えずに、呑気に生きてきた。

年齢を重ねている実感も薄く、だから消耗されていく月日の重み、そして意味にも気付けずに、いつまでも同じペースで歩いていけると信じていた。

成長し、頑丈になるものもあれば、逆もまた然りだ。変わらずあり続けるものなんてない。そんなこと、正しく己を俯瞰できていれば気付けたはずなのだ。

＊　＊　＊

祖父が無事だとわかっても、紗英の表情は暗いままだ。

延には、紗英の胸の内を正確に汲み取ることはできない。それでも、感じている痛みは切ないほど伝わってきて、信号待ちのたび、左手で丸まった背中を撫でた。

紗英がここまで落ち込む様子を見せるのは初めてだ。

こんな状態のまま、ひとりにするなんてできない。

（気が晴れるまで、側にいる）

国道を少し走ったところで、紗英のアパートとは逆方向にハンドルを切る。急旋回だったが、紗英は気付いていない様子で、膝の上に顔を伏せている。

繭のように、じっと動かなかった。

「紗英」

声を掛けたのは、高速道路へ向かう分岐が見えてきたときだ。

「さーえ。寝てんのか？」

「……起きてる」

答えはしても、まだ顔を上げない。

別にかまわないが、寝ていいてくれても。

合流地点を過ぎ、延はゆるやかにアクセルを踏み込む。時刻は午後五時を過ぎ、日の光はすっかり赤みを帯びて鋭い。四トントラックが二台、脇をすり抜けていく。

この時間帯の、攻撃的なまでの眩さが延はかつて、苦手だった。

とっととどこかへ引っ込めと、急かされているような気がするから。

小学生ならば帰宅する頃で、紗英と出会う前はＳＰと使用人、そして家庭教師しかいない家の中、いつもなんとなくむしゃくしゃしていた。

孤独を感じる時間だったのだ。

「ねえ」

すると、紗英が顔を伏せたまま掠れた声を出した。

「延ってさ」

「ん？」

「将来のこと、どんなふうに考えてる？」

いきなり何を言い出すのか。

「老後の話か？」

「ううん。そんな先じゃなくて、十年後とか、二十年後とか」

「そうだな。俺は十年のうちに、役職に就くのが必至だと思ってるよ」

というのは、この場凌ぎの答えではなかった。

黙っていても、延のもとにはいつか、王美堂取締役社長の座が転がり込んでくる。

何も知らない子供の頃は、自分は庶民とは違う、選ばれた血すじの人間なのだといい気になるばかりだった。が、今は年齢を重ねるごとに実感している。

自分は選ばれたわけでも、元来備わった才能があるわけでもない。

与えられているのは機会だけ。どこにでもいる、ありふれた人間なのだと。

「……即答なんだ」

紗英はぼそっと言う。

「ずっとそんなふうに、子供の頃から……考えてきたのね、延は」

「そんな殊勝なガキじゃなかったの、紗英が一番よくわかってるだろ」

「殊勝でしょ。背負ってるものを自覚してたからこそ、捻くれもしたんでしょうし。わたしは……てんでダメだわ。何も考えてこなかった」

「なんだ。もしかして紗英、不安になってんの？　将来」

「……」

無言ということは図星だ。

つまり紗英は祖父が倒れたことで、初めて現実的に己の未来を想像したのだろう。あるいは、いつまでも皆、変わらずそこにいるわけではないと思い知ったのかもしれない。

「そんなに落ち込むことかよ。別におまえ、いい加減に生きてきたわけじゃねーじゃん」

「いい加減だったわよ。ひとり暮らしは気楽だし、収入だってそこそこあるし、仕事も趣味もありがたいことに充実してる。だから生涯独身でも困らないかなぁって、その程度の考えで」

「充分すげえと思うけど」

「すごくないの。すごいっていうのは、まどかさんみたいに若くても未来を見据えて、なすべきことに立ち向かえる人に言う言葉よ。わたしは……」

ずずっと鼻を啜る。

「わたしは、てんで駄目。メイクのことだって、ハマって、楽しくて、夢中になって、でもそれだけで。いただいたオファーに対しても、ちゃんと考えてなかった。そんな自分に、こんなときになって初めて気付くなんて、最低」

「紗英……」

そんなに思い詰めるなよと、言おうとしてやめる。

気休めが、今の紗英に響くわけがない。自己嫌悪に陥っているときには、正論もアドバイスも逆効果だ。かつての幼い延だって、そうだった。

メイクもコスメも、大嫌いだった。

家業だと言われても、知ったことかと思っていた。

留守がちの母が、忙しいと延に背を向けながらも鏡の前で何十分も費やす行為。顔を塗る暇があるなら、振り向いてほしかった。

(そんなふうに思う自分が、なにより嫌いだった)

紗英がメイク動画を公開し始めなければ、延は未だに化粧品を嫌っていただろう。

傷痕を隠すだけじゃない。紗英は己の顔をパレットに、無限の可能性を見せてくれた。

目の前に敷かれたレールの先が、おかげですうっと見通せたような気がした。

これまで、紗英はどんなふうに寄り添ってくれていた?

どんな言葉を掛けてくれた?

「……あっけらかんとしてるところ」

しばらく走ったところで、独り言のように延は言った。

「人目を気にせず、よく食うところ。笑い方が豪快すぎてオッサンっぽいところ」

ぴくりと、紗英の肩が揺れる。

「それから、気前がいいところ。かと思えば、案外小銭にうるさいところ。腕力があるところ。体力おばけっぽいのに、持久力はあんまないところ」

「……それ、わたしのことじゃないよね」

「おまえのことだけど？　あ、年上ぶってるくせに快感に弱くてチョロいところもそうだな。ダメって言いながら、溶けそうな顔でイくもんな」

「うっさい……」

「そうだ。偏差値エグいのに脳筋にしか見えないところ。とも言っとくわ」

「わかってる？　わたし今、傷心なんだからね」

「知るか」

嘘だ。ちゃんと、わかっている。

「あとは、そうだな。寝るとき、口を開けっぱなしにするところ。欠伸がこれまたオッサンじみてるところ。寝起きでも当然のようにモリモリ食うところ。元カレが意気地がないことも、か。こう並べてみると、かわいそうだな、おまえ」

「バカ延……追い討ちかけないでよぉ」

「それと」

加速しながら、軽く息を吸う。

「何度デートに誘っても、本気にしなかったところ。怖くても苦しくても、笑って済ませようとするところ。俺がどれだけ生意気なガキでも、見捨てずにいてくれたところ。これだ、と決めたらとことんやるところ。何事も、いい加減にしないところ」

そこまで一気に告げると、数センチだけ、紗英の顔が上がった。

目が合ったら、絶対に言えない。紗英がこちらを見る前に、延は畳み掛ける。

「化粧なんかしなくても、世界一可愛いところ。笑うと、チラッと見える犬歯がマジで可愛い。泣くのを我慢してるとき、眉間がちょっと盛り上がるのも可愛い。ありがと、って言い方はクソみたいに可愛くて、たまにイラッとするくらいだ」

「……っなに、それ」

完全に持ち上がった顔が、運転席の延に向けられる。

ちらと見ると、紗英はずっと泣いていたらしい。メイクがすっかり崩れていた。パンダのように黒くなった目の周りがとくに悲惨で、思わず口角が上がってしまう。

「仕返しだよ」

それでも誰より可愛く見えるなんて、どうかしている。

「おまえ、前に言っただろ。俺のいいところ、よく知ってるって。それ、俺もだから」

タイミングよく、前方の視界が広がる。傍らを流れる河の対岸が、ふっと途切れて河口にたどり着く。カーブした道の先に、あやとりの紐みたいな橋、そして水平線――。

波間に点在する貿易船は、誰かが描き足した下手くそな絵に見える。

紗英はぐっと言葉に詰まったあと、何かを言おうとしたのだろうが、すぐにふいっと窓の外を見た。鼻を啜りながら、子供のようにゴシゴシと目を擦る。

「それ、大半、いいところと違う……」

「いいところなんだよ。俺にとっては」

「……っ、趣味、悪すぎ」

また、泣いている。

でももう、苦しい涙ではないだろう。

それにしても、もはや紗英の顔面は取り返しのつかない状態だ。教えてやろうとも思ったが、黙って延はポケットティッシュをその膝にのせてやる。

湾岸をぐるっと走り抜け、地元に戻ったのは夜の七時を回ってからだ。

「今日は、ありがと」

そう言って、紗英は助手席のドアを開ける。散々泣いた所為か、いかにも気まずそうだ。

振り返らずに降りて行こうとする背中を、見送りかけて、いや、と手を伸ばす。

運転席から、身を乗り出すようにして華奢な右手を摑む。

「紗英」

この数週間、押しの一手で側にいた。

勢いがついている今、もし言えなかったとしたら、生涯言えない気がした。

「付き合わないか」

紗英の腕を握ったまま、恐る恐る、伝える。

想うのと同じくらい、想い返して欲しいなんて贅沢は言わない。

むしろ、まだ恋愛感情などなくてもいい。そのうち、絶対に振り向かせる。好きだと言わせてみせる。だから、とにかく付き合うところから始めてみないかと、延は続けて提案しようとした。

しかし、予想外にすんなりと「うん」紗英は頷いた。

延に背中を向けたまま、ごく自然な口調で。

「い――」

いやいやいやいやいや。

「ちょっと待て。おまえ、絶対勘違いしてるだろ。付き合うって言っても、これからラーメン店に付き合えっていう意味じゃないからな」

「うん」

「ラーメン店以外のところも違うからな」

「うん」

「付き合うってのはつまり、俺と、彼氏彼女になるってことだぞ」

「うん」

「うんって、そんな簡単に……」

いや、まさか『うん』以外の単語が、残らず頭からすっぽ抜けたとでも？

なおも信じられずにいる延に、紗英は振り返らず「理解してるわよ」と言った。

「男女の付き合いってことでしょ。承知したうえで、頷いてるの」

「冗談……じゃ、ないのか」

「言い出したのは延じゃない」

「そうだけど」

本気か。本当に、紗英は了承しているというのか——恋人になることを。

嘘としか思えない。が、信じたくて、延は摑んだ手を引く。

その顔を見て、見つめ合ってもう一度確かめれば、少しは実感できると思った。しかし、
ようやく振り向いた紗英はパンダ目が悪化して、頰の半分が黒ずんでいた。

「……く！」

ゾンビか。

噴き出すと、すかさず手を振り解かれる。

「失礼ねっ。人の顔を見て笑うなんて！」

「ふ、クク、だって、おまえ……いや、なんでもね……っクククク」

「何よっ、はっきり言いなさいよ」

「その顔で、真剣に怒っ……ふはっ、あは、あははははは！」

「笑いすぎよ！　もういいっ」

癇に障ったのか、紗英はむくれて出て行こうとする。大人ぶっているくせに、やけに幼い反応だ。

すかさず、肩を摑んで引き留めた。こんなところも可愛い。もう一度、振り向かせる。

左腕を紗英の頭に添え、抱き寄せて――。

口づける、はずだった。

しかし「ぐっ」と唸って、延は仰け反った。

紗英が両手で、延の顎を押し返したからだ。

「……何してんだ、てめ」

今のはいい雰囲気だったはずだ。交際だって了承したわけだし、今さら、キスひとつ勿体ぶらねばならない間柄でもない。

「こういうのは、まだナシ」

きっぱりと、紗英は言った。

「交際するなら、延のご両親に許可をもらってからよ」

「さんざんヤッておきながら、なに寝ぼけてんだよ」

「だからこそでしょっ。わたし、これからはちゃんとするって決めたの。それが延に関わることならなおさら、いい加減にしたくないの」

堅苦しく考えすぎだ。

どこの健全な二十歳の男子学生が、いちいち親の許可を取って恋人と付き合い始めるというのか。

とはいえ、紗英が気になると言うのなら、解決しない手はなかった。

「わかった」

延はすぐさま、スマートフォンを操作した。

紗英は「今じゃなくていいわよ！」と焦った様子で止めようとした。心の準備ができていないという顔だ。が、ひょいと避けてスピーカーボタンをタップする。

後回しになどしない。迂闊に時間を置いて、冷静になられては困るのだ。

やっぱ付き合うのやめる、と撤回されたら元も子もない。

『あ、延？』

コール音のあと、そう応じたのは延の母・まどかだった。

紗英は焦って、助手席のドアを閉める。それを、延が帰宅して車から降りたのだとでも思ったのだろう。母は『おかえり』と短く言ってから、こう続けた。

『「くすのき」のおじいさま、どうだった?』

そういえば、と延は思い出す。

母は、事の顚末をまだ知らないのだった。

「命に別状はないってさ。過労がたたって、しばらく入院らしいけどな」

『そう、よかった……って言っていいのかしら。無理させちゃったわね』

「明日にでも、何か持って見舞いに行くよ。で、母さん、俺、紗英と付き合うことになったから」

途端、紗英はビクッと飛び上がって目を剝く。

前置きもなく、突然宣言されるとは思わなかったのだろう。逃げられると思うなよ、と延は頭の中で得意になる。一度でも了承したのだ。このまま一生、離してやるつもりはない。

母はと言えば『あらぁ!』と喜ばしげに声を高くした。

『おめでとう。やっと通じたのね。延、ずーっと紗英さんに片想いしてたものね』

「やっぱ気付いてたのか……」

『うふふ。母の勘って言いたいところだけど、一目瞭然だもの。気付かないのは、紗英さん本人だけってね。九年？　もう十年かしら。もどかしくって、今日、思わず紗英さんに探りを入れちゃったわよ』

「待て、探りってなんだ」

『えー？　年下はＮＧじゃないかとか、今付き合ってる人はいないかとか』

見開かれた紗英の両目は、もはや点になってしまった。

そんなこと、今まで思いつきもしなかったという顔だ。それはそうだろうが。

「父さんにも言っといて。近いうち、四人で食事でもしようって」

『わかったわ。伝えておく。お父さん、手放しで喜ぶでしょうね。紗英さんみたいに骨のある人がお嫁に来てくれたらって、いつも言ってたから。じゃ、またね』

「おう」

通話を終え、画面を消してみれば、紗英は目だけでなく口まで開け放っていた。

虚をつかれて我を失った感じが、ゾンビというよりもはや亡霊だ。

「これでいいんだろ」

ん？　と延は顔を近づけて問うたが、たっぷり一分近く反応がなかった。

7　御曹司、ますます夢中になる

帰宅するつもりが、結局、紗英は延のマンションへ転がり込んだ。車から降ろしてもらえず、そのままお持ち帰りされてしまったと言ったほうが正しいかもしれない。

お風呂に入り、いつも持ち歩いているメイク落としで惨憺たる顔面を処理してから、寝室へ行く。延はすでに上半身裸になって、ベッドのふちに腰掛けていた。

「……こういうの、照れる」

バスタオル一枚で延の前に立つと、視線が定まらなくなる。思えばいつも強引に押し倒されるばかりで、先にシャワーを浴びる暇もなかった。

「俺は、まだ、信じられない」

「延……」

「本当の、本当にいいんだよな？　俺が紗英の恋人になっても」

左手を握られる。祈るように、額の近くに持って行かれる。伏せられていた目がゆっくりと持ち上がったから、紗英はひとつ頷いた。

「延こそ、こんなわたしでいいの？　年増だし、鈍感だし、ゴリラだし」

「思い出さなくていい」

「照れ隠しってやつ？」

「……そうだよ。悪かったな」

腰を抱き寄せられ、ベッドに仰向けで寝かされる。延の腕が、いつもよりもっと優しい。大切にしようと、心掛けてくれている。それだけで身体の芯がきゅうっと痺れて、このうえなく幸せだと思う。

こちらをじっと見つめたまま、延が覆い被さってくる。真上から、そっと口づけられる。

「……ん」

重なった唇は、角度を変えて繰り返し下りてきた。

何度かついばまれたあと、誘うように舐められ、舌をとろりと咥えさせられる。

応えてそれを軽く吸えば、生温かい液が流し込まれて——試されているのかもしれないと思ったから、わざと音を立てて飲み込んだ。

「紗英……紗英のも、くれよ」

顔の横に肘をつき、延はますます深い口づけをする。前歯の裏をゆるりと撫で、上顎をくすぐって、舌を吸い出し、味わうようにしゃぶる。

「ぁ、ふ……、う」

溶け出しそうなキスだった。唇も、舌も、脳も、それからお腹の奥のほうまで。こくりと喉を鳴らすたび、ゾクゾクと甘い熱が迫り上がる。

「んん……っ」

耐えきれず身を捩ったら、バスタオルを解かれた。ふるんっ、と溢れ出た乳房は、湯上がりでほんのり紅潮している。先端まで艶めいて、食べてくれと言わんばかりだ。

唇を離したら、延の視線はそこに釘付けだった。今にもむしゃぶりつきそうな顔に、鼓動がみるみる速くなる。

「延、これ、舐めたり吸ったりしたい……？」

「ああ。したい」

「いいよ、何しても。捏ねても、しゃぶっても、痕をつけても」

言うなり上から、のしかかられた。

ふたつの膨らみをそれぞれ掴まれ、ぐにぐにと揉まれる。我慢ならないと言いたげに、白肌に吸い付かれる。ぴりっとした痛みを感じたと思ったら、そこは小さく鬱血していた。

赤い印は、ひとつに留まらない。右も、左も、襟もとギリギリの鎖骨の下にも。めちゃくちゃに揉みしだかれ、舌を這わされ、あちこち吸われ、甘噛みされ、また、谷間に顔を埋められもした。

（延の口、熱くて、のぼせそう……）

頂にしゃぶりつく唇は、とくに熱心だった。右をしゃぶっているときは、左を指で捏ね回す。左をしゃぶり始めたら、今度は右が弄くり回される。

ふたつの突起が硬く尖り、じんじんと脈打つようになっても、延の愛撫はやまない。湿った音をわざとらしく響かせて、吸っては離し、離しては吸い……。

「あ、ッあ、延……やりたかったこと、ぜんぶ、できてる……？」

「そう簡単に済むかよ。何百回、頭の中で抱いたと思ってんだ」

「そん、なに」

「想像の中では、おまえ、もう何回も孕んでるからな」

考えると、ぞくっとした。延の頭の中では、すでに何百回と抱かれている。妊娠したこともある。

はあっ、と息を吐いた延は、胸から下へ唇を滑らせる。おへそをチロチロとくすぐった舌は、直後に茂みを掻き分けて、迷わず割れ目に差し込まれる。

「ンぁ、あ、っ」

「……どうした？　今日、もう剝けそうだぞ」

「え、あ、うそ……」

「嘘じゃない」

ほら、と花弁を左右に広げられる。

その粒は確かにぷっくりと勃っていた。いやらしく蜜に濡れ、先端から純な桃色を覗かせつつ。

「剝いてやろうか」

延は言う。

紗英からの誘惑を、真似るように。

「指でしごいて、舌でつついて、たっぷりねぶって、ガチガチになるまで苛めて……それで、吸い出してやろうか」

「……っ」

想像しただけで、下腹部が熱くなる。期待感が、突起をさらにじわりと硬くする。

「うん……」

紗英が頷くのを見て、延は茂みに顔を埋めた。両手で、割れ目を大胆に広げたまま、だ。

敏感な芽に柔らかな唇があたると、びくんっと腰が跳ねた。

「イきたければ、我慢しなくていいぞ」

そんなふうに言われなくても、すでに我慢できそうになかった。

舌をあてがわれ、ゆるゆると揺らされて、膝が震える。

蜜に滑って逃げるのも、唇にときどき挟まれるのも、指でつまれしことされるのも、我を忘れるくらいにいい。

「ッは、ぁっ、ア……延、それ、気持ちい……指……ゆびも、いれて……」

「ああ……すげえ、中、ドロッドロに溶けて、入口、締めすぎだろ、これ」

「アっ、あ、だって、イっちゃいそぅ、だからぁ……っあ、んッ、クるっ」

腰を浮かせると、ここぞとばかりに花弁の中の突起を咥えられた。じゅっ、と強めに吸われる。敏感すぎる先端部が、剝き出しになる。

それをさらに舌で擦られた途端、紗英は弾け飛んでいた。

「ンぁあ、ッあ、あっあ、あ——っ」

ヒクつく内側で、延の指が動いている。

まだ終わりじゃない、これからだと言わんばかりの主張にも、甘さを感じて余計に快くなる。

「は……っぁ、あ……」

びく、びく、と腰を揺らしながらシーツに身を投げ出せば、キスの雨が降ってきた。額、こめかみ、頬に鼻先……それから唇にも。

「紗英……かわいい。紗英がイってるところ、見るの、好きだ」

「……ん……」

「溶けてるうちに、挿れたい。俺のも、一緒に溶かして」

そうしてほしいと思っていたところだ。

快感の余韻にたゆたいながら、ぼんやり頷く。

愛おしそうな口づけを残し、延はベッドから下りた。足もとの鞄から何かを取り出し、戻ってくる。数秒後、かすかにプラスチックの袋を破る音が聞こえて「延……」紗英は口を開いた。

「それ、わたしにやらせて……?」

気怠い体をどうにか起こし、掌を見せる。延はこちらに背を向けて、ベッドの上にあぐらをかいている。

「心配しなくても、ちゃんと着けるよ」

「ううん。そういうことじゃなくて、わたしが、延に何かしてあげたいの」

延は驚いたらしい。

数秒固まってから、躊躇いがちに、すでに封切られた小袋を手渡してくる。

「……おまえ、いつもこうなの?」

「こう、って」

「彼氏特権、与えすぎだろ」

そんなことない、と言おうとして言えなかった。というのも、振り返った延の体の前には、堂々とそそり立つものがある。怒ったように筋を浮かばせ、見事に若さを主張している。

受け取った薄膜を片手に、紗英は息を呑む。

「さわっても……いい？」

「好きにしろよ」

恐る恐る握ると、力強い脈を感じた。

表面はなめらかだが、軟骨のように硬く、ビクビクとわずかに跳ねてもいる。

これが、今まで何度も紗英の胎内を乱したもの。今から紗英の中に入り込み、襞を押し拡げて無茶苦茶に掻き混ぜるもの――。

考えただけで、呼吸が荒くなる。

「……っ」

はやる心臓を抑え、避妊具を着ける手が震えていた。

彼氏特権なんかじゃない。ほかの誰にも、こんなことはした覚えがない。したいとも思わなかった。

「これで……いいの？」

尋ねた側から、組み敷かれる。

太ももを左右に開かれ、怒張したものをぐりっと恥部に押し付けられる。

「っあ！」

「……紗英」

ふーっ、と息を吐く姿は、狼のようだ。

獲物を誰にも渡すまいと、威嚇する獣――喉もとを噛み切られそうでゾッとする。

けれど同時に、延に囚われていること、それ自体がうっとりするほど好ましい。

(わたし、延のこと……好きだわ)

いつから惹かれていたのだろう。

早く仕留めてほしくて、蕩けた割れ目を屹立に押し付け返す。

ゴム越しでもわかる、浮き出たすじにねちねちと擦り付ける――と、昂り切った先端が沈み込むように膣口を割った。

「アっ、あ……っ」

こじ開けられる。入り込んでくる。

極まる悦に、服従させられる。

「紗英……紗英、さ、え」

呼ばれ、口づけられたら、何も考えられなくなっていた。深度を増す雄杭を、身悶えながら受け入れる。心まで突くような強張りが愛おしくて、夢中で抱き寄せながら、口づけを返す。

返してもも返しても、返しきれない気がする。

惚けるほど幸せだったから、こらえることはできなかった。浜に打ち上げられるクラゲみたいに、なすがまま、再び弾けさせられる。

延はまだ発散できていない。フェードアウトするわけにはいかない。

そうとわかってはいたのだが、眠気は頭のてっぺんのほうからやってきて、あっけなく紗英の意識を呑み込んだ。


照れが戻ってきたのは、翌朝、延に車でアパートまで送り届けてもらってからだ。

「じゃあ、また。俺のいないときに、あんま、考えすぎんなよ」

別れ際に名残惜しそうに頬に口づけられ、うん、と素直に頷いて、いつも通り見慣れた部屋に入ったところで、どっと羞恥心の塊が降ってきた。

(なんだこれ、なんだこれ、なんだこれ……っ)

延の前で取り乱して、不安を口走って、慰められて、あまつさえ交際を受け入れて、甘やかされて――およそこれまでの紗英らしくない。

しかもそれを今、この瞬間も、ふわふわした感覚で受け入れている。どうかしている。

次に逢ったとき、どんな顔をすればいいのだろう。何から何まで、恥ずかしい。

「う……ううう」

狭いベッドにダイブし唸っていると、鞄の中でスマートフォンが震えた。寝返りをうち、横向きに寝て確認してみれば、延からのメッセージだった。

――さっき言い忘れた　うちの合鍵、いる？

瞬間、もう一度枕にうつ伏せて紗英は悶絶した。

合鍵。なんて破壊力の凄まじい単語だろう。そんな恋人の象徴のようなもの、受け取ったら最後、延以外のことが考えられなくなって、ポンコツになりそうだ。でも、でもでも。

メッセージは続けて届く。

――いや、いらねえか　紗英、気を遣って掃除とか料理とかしそうだしな

直後、紗英は足もとにスマートフォンを投げ捨てた。

なんなの、期待させておいて。だったら最初から言うな、気軽に撤回すんな、ぬか喜びさせんな……近所迷惑なので心の中だけの叫びだ。

（いるわよ、いるに決まってるでしょ……っ）

苛立つことさえ綿菓子みたいに甘く感じる。

延と付き合うのが、これほど心臓に悪いことだとは思わなかった。

＊　＊　＊

紗英をアパートに送り届けたその足で、延は王美堂本社に出社した。

本当は、職場である倉庫まで送ってやりたかった。が、着替えとメイクをしなければと紗英が言うので諦めた。

早いうちに、二、三日は紗英が暮らせるだけのものを自宅に備えなければと延は思う。次こそ、安心してゆっくり泊まっていってもらえるように。

（なにしろ紗英は、俺の彼女になったんだからな）

噛み締めながらビルに入ると、セキュリティゲートの前で直属の上司——マーケティング部長に出くわした。

「おはようございます、部長」

「おお、おはよう、相賀美くん。今朝は早いね」

「はい。午前中の会議に、ぜひ出席させていただきたくて」

「研究熱心だねえ。じゃあ、会議室で待ってるよ」

「ありがとうございます。よろしくお願いします！」

今日、早朝出勤したのは、ほかでもない。マーケティングに関する会議に出席するためだ。先輩方のプレゼンを、ぜひ見たかったのだ。

新しい企画書の精度を上げるために。

（浮かれてばっかじゃいられないからな）

前回の企画は、却下になって当然だったと今は思う。

あのときはただ、インフルエンサーとしての紗英を正式起用したかった。紗英は人気に火がついたばかりの逸材だ。その知識、それから推進力のあるキャラクターにも、延は絶対の自信があった。

けれど、それだけでは駄目なのだ。

「相賀美さん」

マーケティング部のフロアまでやってきたところで、秘書課の女性から呼び止められる。聞けば、社長……延の父親が呼んでいるらしい。

車で出社するのを見掛け、すぐに呼びに来させたようだった。

(父さんに呼ばれるなんて珍しいな)

朝から一体、なんの用だろう。

足早にデスクへ鞄を置きに行き、エレベーターに乗り込む。

インターン参加を決めたとき、父と延はひとつばかり決め事をしていた。

とにかく特別扱いをしないこと。つまり延は、父を社長として扱う。そして父は、延をいちインターン生として扱う。互いに、適切な距離を保とうと約束していたのだ。

だからもし出くわしても、そうそう言葉を交わすことはないだろうと思っていた。

「お呼びですか」

社長室へ行くと、父はデスクの向こうで顔を上げる。

「ああ、朝から呼び出してすまなかった。そこへ座って」

「失礼します」と、延は勧められたソファまで歩いて行った。延と入れ違いで、長身の秘書の男性が出て行くのを、小さく会釈して見送る。

ゆっくりやってきた父に数秒遅れて、正面に腰を下ろす。

「それで、ご用件というのは」

延のほうから尋ねたのは、急いでいたからだ。早く戻らないと、会議が始まってしまう。そのために出社したのだから、出席できなければ意味がない。

「ん、ああ」と、まるで父は本題を忘れていたかのように膝を打った。

「急な話で悪いんだが、明日から私の出張に同行してもらえないか」

「明日から……ですか。かまいませんが、何泊ですか」

「一週間だ。行き先はロスだよ。先方から先ほど、息子さんもぜひ、と連絡があってね。ほら、いつもお世話になっている取引先の。延も会ったことがあるだろう」

父はつまり、社交の場に延を連れて行こうというのだ。もちろん、いちインターン生としてではなく、いずれ王美堂を担うであろう御曹司として。

「ちなみに航空機のチケットは今、私の敏腕秘書が手配中だ。行くよな、延」

「……社長、社内では相賀美と呼んでくださいとお願いしたはずです」

「ふたりきりなんだからいいだろう。そんなことより、おい、母さんから聞いたぞ。おまえ、紗英さんとやっと！」

興奮気味に言われて、延はげんなりしてしまう。

「プライベートの話は退社後にお願いします」

「ちょっとくらい許せ。しかし奇跡的だな。紗英さんにはあんなにしょっちゅう首根っこ摑まれて、悪態ついて、てっきりフラれると思っていたが、いやあ、本当によかった」

延は正直、いたたまれなかった。

親とこの手の話をするのは、羞恥プレイ以外の何物でもない。それに、手放しで祝われると申し訳なくなってくる。

付き合うことにはなった。とはいえ、まだ両想いではない。想うほど想われてはいない。そう、延は思っている。

何年か前に紗英が言っていた。

『そういえば、考えたことないかも。好みとか』

『じゃあ、何を基準に男と付き合ってんだよ』

『それは、告白されたから』

そうだ。

紗英が延との付き合いを了承したのは、延が付き合わないか、と言ったからだ。

決して振り向いてくれたわけじゃない。紗英には、延に対しての恋愛感情はないのだ。振り向かせるのは、これから――。

「……明日の出発は何時ですか」

ため息混じりに問うと、父はつまらなそうに口を軽く尖らせてから答える。

「私は昼過ぎに空港だ。延とは別便になる。午後にもう一度、ここで打ち合わせをしよう」

「わかりました。では、失礼します」

バツの悪さから、延は早々に退散しようと席を立つ。一応はお辞儀をしてからドアの前まで行き、ノブを摑もうと手を伸ばす。

すると「ひとつだけ」と、父は突然真面目な声色で言った。

「紗英さんとの交際に関して、言っておきたいことがある」

慎重に言い置く口ぶりは、これこそが本題だとでも言いたげだ。

節度を守れとか、結婚前に孕ませるなとか、忠告されるに違いない。

ドアノブに手を伸ばした格好のまま、振り返る。

「なんですか」

「なるべく早めに、紗英さんにはＳＮＳをやめてもらいなさい」

思わず眉根が寄った。

よもや、父の口からそのような要求が飛び出そうとは。

「……何故ですか」

反発を覚えながらも、慎重に聞き返す。

「付き合っていても、僕と紗英は他人です。各々、尊重されるべき個人です。SNSをやめろなんて、制限できる立場じゃない」

「そうだな。だが、紗英さんの額には、傷痕があるだろう。おまえが誘拐されかけたときに、助けようとしてできた傷痕だ」

「俺の付き合う相手として、顔に傷痕のある相手では相応しくないと？」

「いや。傷を負った経緯がおまえとまったく無関係ならば、自由にしてくれてかまわなかったのだ。今は多様性の時代だからな」

つまり、どういうことだ。

嫌な予感がして黙り込むと、父は腹を括ったように穏やかな声で言う。

「誘拐未遂事件に関して、世間の人々は噂程度にしか知らない。当社が報道自粛を求めたからだ。しかしおまえが今後、表立って紗英さんと親しく関わることで、どこからどんな話が出回るかわからない」

脈が嫌なふうに打つ。

つまり延の父は、延が紗英と交際することで、誘拐未遂事件が実際に起こったものであると、世間に知られるのを恐れているのだろう。

額の傷痕に関して、紗英は延の両親と、原因を口外しないという約束をしている。延が誘拐されかけた事実は、危機管理の甘さを露呈させ、王美堂の信用を傷つけかねないからだ。

だからＳＮＳでも、紗英は額の傷について、原因に言及したことはない。

「で――ですか、あの傷痕は、僕たちにとってナーバスなものではありません。あれがあるからこそ、なんて僕が言えたことではありませんが、彼女は実際に、傷痕をバネにして生きています。そうだ、この際、隠し立てせずにありのままを公表しては」

「私たちにとっては前向きな事実でも、世間がどう受け取るかはわからない。私には、王美堂を守るという責務がある」

恨まれてもいいと言わんばかりの父の決意に、たじろぎそうになってすぐに立て直した。

「紗英が動画を消したとして、インターネットの世界から完全に存在を消し去ることはできません」

「そのままにしておけば、興味本位の野次馬が群がる。いわゆる炎上というやつだ。収拾がつかなくなってからでは遅い。紗英さんだって、無傷では済まない」

「は……」

「むしろこの場合、紗英さんがもっとも疑われ、誹謗中傷の的になるだろう」

何故。

紗英は延を救ってくれた。それで傷痕まで残ってしまったのだ。口さがなく言われる理由はどこにもない――いや。

御曹司のために顔に傷を負った女性が、御曹司と親しくしている。

つまり父は、傷痕を理由に紗英が延に付き纏っていると、勘繰る者も現れるだろうと言っているのだ。

「……それは」

延は答えられなかった。

紗英とメイク動画は、今や切っても切り離せない。

趣味というより、もはやアイデンティティの部類だろう。

視聴者との信頼関係も出来上がっているし、外資系ブランドからのオファーももらったと聞く。やめろなんて、とてもではないが言えない。

とはいえ――。

炎上すれば傷つくのは紗英だ。

紗英は延を助けるために額に傷を負ったのに、その傷が原因であることないこと騒がれて、再び傷つくようなことになれば目もあてられない。

「紗英さんには恩がある。おまえを救ってもらったうえに、我々家族をひとつにしてもらった。だからこそ、余計な苦労は背負わせたくない」

「……」

「すぐに、とは言わない。だが、決断は早ければ早いほうがいい」

頷けるわけがなかった。無言で立ち尽くしていると、ノックの音が響く。秘書課の女性が、お茶と、ご丁寧にケーキまで持ってやってきたのだ。

延は軽く室内にお辞儀をし直して、その場をあとにした。

むしゃくしゃして、殴るようにエレベーターのボタンを押す。

会議には出席したものの、内容なんてほとんど耳に入ってこなかった。すべて右から左だ。終わるとちょうど昼時で、珍しくスマートフォンには紗英からの着信が残っていた。

「もしもし、紗英か？」

ビルを出て、歩きながら掛け直す。

「どうした？　何かあったのか」

『ううん、なんでもないの！　このところ、お昼っていうと延が逢いに来てくれてたでしょ。だから、久々にひとりだと寂しいなー、なんて』

嬉しいことを言ってくれる。

素直に喜べばいいのに、みんなに言ってんだろうな、と諦めのような勘繰りをしてしまう。これまで付き合ってきた男、みんなに。

「そうだな。寂しがってるところ悪いが、俺、明日から出張が入ったから」

父の出張に同行する、行き先はロサンゼルスだと告げると、紗英は驚いたようだった。

『明日からって、やけに唐突じゃない』

「午後にもう一度、社長と打ち合わせがあるんだ。何時に終わるかわからない。今日は迎えに行くのもナシだな。大学も諦める」

父との打ち合わせなんて、何時間も掛かるものじゃない。本当は、迎えに行こうと思えば行ける。

けれど顔を合わせたら申し訳なさで潰れそうで、今夜は逢わないほうがいいと思った。

『……帰国は？　いつになるの？』

「一週間後」

『一週間も行くの⁉』

紗英が声を荒らげたので、延は反射的にスマートフォンを耳から少々離した。

そんなに驚くことだろうか。

むしろ以前の紗英ならば、責任重大ね、飛行機代だってただじゃないんだからしっかりやりなさいよと、尻を叩いてきたに違いない。

「不都合なことでもあるのかよ」

『そういうわけじゃないけど……不都合とか、そんなんじゃないんだけど』

歯切れの悪い返答だ。

やはりおかしい。いつもの紗英ではない。

「じゃあれだ、俺に一週間も逢えなくなるのが寂しいんだな？」

茶化すように尋ねてみたのは、肯定されるはずがないと思ったからこそだ。馬鹿ね、とたしなめられたかったのかもしれない。

すると数秒の沈黙のあと、紗英は思い切ったように言った。

『そっち、行ってもいい？』

聞き間違いかと思った。

『今日、仕事、早く上がれそうなの。だから延に、逢いに行ってもいいかな』

「俺に、って」

『明日の準備があるだろうから、自宅には押しかけない。仕事、忙しいようなら、終わるまで待ってる。顔、ちょっと見るだけでいいの。だから、一週間も離れちゃう前に、逢えない……？』

なんだそれ。

なんだ、その、好きで好きでたまらないみたいな口ぶりは。

これが歴代彼氏に分け隔てなく与えられてきた特権だとしても嬉しくて、顔面がどっと熱くなる。

「わ……わかった、待ってるよ」

歓喜を悟られぬよう、平常心を装って待ち合わせ場所を決め、電話を切った。

ちょっと顔を見るだけでいい、と紗英は言ったが、延のほうがもはやその程度では済ませられそうになかった。

＊＊＊

顔を見るだけ、のはずだった。

「だからっ、なんでいちいち、こうなんの……っ」

王美堂本社で落ち合った直後、連れて行かれたのは近くのホテルだ。

食事だけ、かと思いきや、食後に手際よく部屋に連れ込まれ、服を剝ぎ取られた挙句にベッドに押し倒され、あまつさえ繫げられて紗英はもがく。

「しゅっ、出張の準備しなきゃいけないいんじゃないの!?」

「帰ったらやるよ」

「帰る気があるなら、なんで宿泊予約なんかしたのよっ」

「紗英はこのまま一泊していけばいい。俺は、一度おまえを抱いたら帰る」

本気で言っているのなら、己の性欲を過小評価しすぎだ。

真夜中まで抱かれた日のことを思い出して紗英は青ざめたが、延は止まらない。がつがつと貪欲に腰を振り、行き止まりを的確に突いてくる。

「気付いてないだろ。昨夜も、前回も、俺が生殺し状態だったこと」

「っえ……ンっ、ア、硬……っ」

「は……、こんなにがっつり俺のにむしゃぶりついて、おまえだって欲しかったんじゃねーの、中に」

「ふぅアッ、や！　ァああ、っだめ、ペース、速すぎる」

派手な動きを阻止しようと延の腰に手を伸ばしたが、煩わしそうに振り払われた。ついでというふうに両手首を摑まれ、体ごと引っ張り起こされる。

「え、ぁ」

あとは魔法のようだった。

気付いたときには、延の太ももに跨っていた。唐突に、下から跳ね上げるように揺さぶられる。

「あっ、あっ、待っ……」

かぶりを振って訴えても、延は動きを止めるどころか、体の後ろに手を突いて、ますます激しくストロークを繰り出す。

「いい眺め。揺れすぎだろ、その巨乳」

「だっめ……ぇえ、っ、ア、あっ、う」

「もうちょい前に突き出して。そう。俺の舌に届くくらいに」

応えるつもりはなかったのに、前傾姿勢にさせられてしまった。延は満足げに微笑んで、差し出されたご馳走もとい、たわわな乳房にかぶり付く。

「んァ、っあ、延の口、ヤらしすぎ、よぉ、お」

先端に絡み付く生温かい舌の感触が、みるみる脳髄に沁みてくる。

ふるふると首を左右に振っても、それは抜けていくどころか恍惚感に姿を変えて、紗英の判断力を心地よく鈍らせていく。

「吸われるより、ココ、ねっとり撫でられんのがイイんだよな、紗英は」

「あ……あっ、ンン……ぅ」

「すげえ、甘い匂い。もう片方も、同じようにしてやるからな」

表面をなぞる舌に、徐々に引っ掛かりが生まれる。先端が勃ち上がり、硬く蕾になったのだ。それはなおも、たっぷりの唾液の中で転がされ、ねちっこく弄ばれる。

「もっ、む、無理ぃ」

「可愛いよなぁ」

じゅっ、じゅっ、と白い膨らみまで貪って、延は薄く笑った。

「マジで可愛い。無理とか言いながら、おまえ、ちゃんと自分で腰の角度調節して、いいってている。


ところにあててるもんな」

　そんなことはない、なんて言えない。

　確かに紗英の腰はヒクヒクと揺れて、跳ね上げられるたび、より強い快感を求めてしまっている。

「ナカ、こんなにビクつかせて、俺のに媚びて……」

「ア、っあ！　きちゃう、ぅ」

「前からずっとこうなわけ？　ま、そうだよな。童貞だった俺が相手でも、イきまくってたもんな。大好きじゃん、セックス」

「……ち、がっ……」

「違わねえだろ」

　左胸を、奪うように摑まれる。

　指が埋まるほどキツく揉まれても、溶けるようにいいなんておかしい。

「っは……ちくしょ……なんで、俺だけじゃねえんだよ」

「んぁっ、あ……あ」

「おまえの頭ん中に入り込んで、過去の男の記憶、残らず消してやりたい」

　悔しげに顔を歪め、ひたすらに腰を打ちつける延が、愛おしく思えてならなかった。

「ほ、んとうに……こういうの、前は好きじゃ、なかったも……っ」

上下に揺さぶられつつ、紗英は延の首にしがみつく。腰から下が、柔らかく崩れていくみたいだ。体より大きな、得体の知れない欲求に呑み込まれていく。

「こんなに気持ちいいの、延だけ……だもの」

ああ、もう、限界だ。

擦られ続けた膣道は、感覚がすっかり麻痺している。延が驚いた顔で動きを止めても、まだ掻き混ぜられているかのように感じる。

「……嘘だ」

「嘘じゃな……っ、ん、きっとわたし、もう、延じゃなきゃイけない」

内壁をわななかせながら言うと、勢いよく押し倒された。

仰向けの格好で奥の奥をどちゅんと突かれ、一瞬目の前が白く飛びかける。が、左耳にかかる興奮した獣のような息が、紗英を引き戻した。

「っは……ぁ、っクソ可愛いこと、言いやがって」

「アっ、ぅ、奥っ……奥から、きちゃ……ッんぁ、あ、あ──！」

「一度で終われなくなったら、おまえの所為だからな」

言うなり延は、それまで以上に激しく最奥を打ち始めた。

さながら、子宮口への濃密な愛撫だ。同じところに何度も何度も、先端をぬちぬちと押し当てられる。容赦なんてないのに、若さごとぶつけられる情熱は、どうしてだか極上に快くて――。

「あ、ッアっぁ、あ、っ……ヤ、延……、これ以上、イかせない、でぇ」

「気持ちよくされたいんだろ、俺に」

「さ、されたい……けど、快すぎると、わけわからなく、なっちゃうから」

普段ならそれでかまわないのだ。けれど今夜、もしも意識を手放している間に出て行かれたら、あまりにも寂しい気がしてしまった。

「今日は、ちゃんと延のこと、わかってたい」

言って見つめると、延は一瞬泣きそうな顔になる。それからやはり我慢ならないと言いたげに、唇を奪われた。

「ん、う」

強気の舌が、押し入ってくる。つい先ほどまで、胸の先を舐めていた舌だ。口内を無茶苦茶に掻き回され、くすぐられて、ゾクゾクと腰が跳ねる。

雄のものは紗英の中でより怒張し、内襞を擦るのをやめない。

(イかせないでって、言ってるのに……っ)

蜜道がひくひくと締まって、次の到達が見えてくる。このままでは弾けて止まらなくなるループに突入してしまう。

どうにかして延の動きを止めたくて、紗英は両脚を延の腰に巻きつけた。しっかりとしがみつき、ホールドする。押し退けることができない以上、これが今できる唯一の抵抗だ。

延は唇を離し「おいっ」と焦ったように言う。

「や、めろ……ッ今、それは、ヤバいんだよ」

筋肉質な肩は震え、声は切迫している。

しかし切羽詰まっているのは、紗英も同じだ。

「だって、延、止まってくれないから、ぁ」

ストロークは阻止したが、これでは自ら奥に押し付けているのと同じだ。奥までみっちりと詰め込まれた屹立が、ビクン、ビクンと跳ねているのが追い討ちを掛けた。たちまち、理性が溶け切る。

「ヤぁ、っ延の、ずるい……気持ちいいとこ、全部あたって……この形、ほんと、すごいの……っわ、たし……いく、イくの、がまんできな……いぃ」

「ッおい、ナカ、痙攣……っ」

「あ、あ、大きいの、きてる……延、見て、腰……動いちゃってる……ぅ」

延の腰をさらに引き寄せ、見せつけるように接続部をぐいぐいと押し付けて、紗英は快感に身を投じる。

「あンんっ！　あぁあ、っア――!!」

「締めんな、出……ッ、く、ぅ」

波打つ内側に、吐き出される熱が心地いい。そう思えるのも、延だからだ。もしも遮るものがなかったら——想像すると、頭の芯までふわふわして酩酊したようになる。絡めた脚もそのままにキスをねだると、延は避妊具を変え、再び中に戻ってきた。挿し戻されただけでまた弾けてしまって、紗英は結局、何度達したのかわからない。案の定、延が体を離したのは真夜中になってからだった。

「……なあ、紗英」

「ん……?」

ネクタイを締め直す様を、ベッドに横たわったままぼんやりと眺める。

一週間、逢えない。

以前の自分なら、たった一週間と思ったに違いない。けれど今は、凍えそうに寂しい。どうしてもひと目、その姿を見たくて押しかけて来てしまうほどに。

「もし、さ。もし俺が、おまえに——」

言い掛けた延は「いや、なんでもない」と口角を上げる。

「もう寝ろよ。あっちに着いたら、また連絡するから」

本当は何を言いたかったのか。どうして呑み込んでしまったのか。尋ねようとしたものの、唇をやんわりと重ねられ、紗英は静かに瞼を下ろした。

8　御曹司、正念場

時差マイナス十六時間――。

ホテルの部屋に着くと、トランクから着替えを取り出す前に、紗英に電話を掛けた。

「紗英か？　ああ、今、ホテル。十時間のフライトはマジでキッツイな」

ノリは軽く、以前のように明るく。

離れている間はまだ、例のSNSのことは忘れていようと思った。

先送りするだけでは何も解決しないとわかってはいたけれど、考え始めたら最後、行き着く先は終わりしかない気がして。

『フルフラットで両脚伸ばして寛げた人が何言ってんの。エコノミーのお客さんに謝りなさい。……でも、お疲れさま。そっちは何時？』

「昼過ぎだよ。機内でフルコース食って腹いっぱいだけど、父さんと落ち合ってランチ兼明日の打ち合わせしてきた。そっちは朝か」

『そうよ。そろそろ電話があるんじゃないかと思って、早起きしちゃった』

タブレット画面に映る紗英は、ＳＮＳ動画よりもずっとリラックスしている。

早朝なのに、身じたくが整っている。通話のために、わざわざ早くから準備してくれていたのだろうか。

それだけでとてつもない優越感なのに、嬉しそうに笑いかけられて表情筋が緩む。自分でインカメ映像を見ても、気持ち悪いと思うほどだ。

（どうしたら、好きになってもらえるんだろうな）

好きで、好きで、ひとまず捕まえることだけは成功して、とりあえず満足しておけばいいのに、息つく暇もないうちにもっと欲しくなっている。

幼い頃から、渇望ばかり。欲深すぎて嫌になる。

いたずらにスッと画面の外へ逃げれば、紗英はあからさまに不機嫌になる。

『わたしばっかり見られるの、ずるい』

「いつも通りの顔だよ。変わり映えしない。面白くないだろ」

『なんでそんなこと言うの。延の顔が見えないと、寂しいじゃない』

そんなふうに言うな。余計に顔なんて見せられなくなる。

「紗英、今日も仕事だろ。支度しなくていいのか」

『あ、うん、そうね。でも、あと一分だけ』

「一分な。次は、紗英が昼休憩のときにでも掛けるから」

『ほんと？　忙しかったら無理することはないけど、でも、うん、待ってる』

六十秒なんて、儚いものだ。

名残惜しそうな視線に胸を鷲摑みにされつつ、延は終話ボタンをタップした。画面は無機質な文字の羅列に戻り、急にエアコンの音が気になり出す。

はあ、と自然にため息が零れた。

「言えるわけ、ねぇだろうが」

SNSをやめてほしいだなんて——しかも自分のために。

紗英のことだから、王美堂に害が及ぶかもしれないと知れば、すぐに動画の配信をやめるだろう。過去の動画も一気に削除して、SNSから撤退するに決まっている。

そういう潔さが、紗英が紗英たる所以なのだ。

教師の道を諦めたときもそうだった。あっさり大学を辞め、『くすのき』で和菓子職人の見習いなんて始めて。かと思えば、いきなり倉庫の仕事をさらっと決めてきた。

何をやっても楽しそうだし、なんだってそこそこなせてしまう。けれど——。

和菓子を作っている紗英より、倉庫で昇進した紗英より、動画の中でメイクのレクチャーをする紗英は、ひときわ生き生きしているように見えた。

教える立場だからかもしれない。

まるで、教師を目指して子供たちに囲まれていた頃のよう。

そう――。

教壇に立つような真似をすれば、たちまち事件のトラウマで気を失ってしまう紗英は、録画という手段を使って不特定多数の大勢の前に立てるようになった。

誰かを教え導くというもともとの夢を、紗英はＳＮＳで叶えたのだ。

それをどうやって取り上げろというのだろう。

（もしも……俺が、サラリーマン家庭のただの大学生だったら）

御曹司でなかったら。背負うものがなかったら。

そうしたら紗英は延の隣にいたとしても、何ひとつ失わずに済むのだろう。

いや、ならばそもそも誘拐されそうになる事態も起こらなかったし、すると紗英の額は綺麗なままだった。奪うのは、いつも延だ。

いっそ何もかもを捨ててしまおうか。家族にも家業にも背を向けて、紗英とふたりきり、手に手を取り合って逃げてみようか。

というのは、延にとってもっとも現実的ではない道だった。

家族の絆を繋いでくれたのが紗英なら、今の延があるのも紗英のおかげだ。

それらを投げ出すことはつまり、紗英の努力を踏み躙るのと変わらない。

『素直に、お父さまともっと話したいって伝えてみたら？』

紗英からそう提案されたとき、延は小学六年生だった。

紗英の怪我から二年、両親との仲は以前ほど冷え切ってはいなかった。

紗英が間に入る形でずいぶんと打ち解けたからだ。

とくに母親は、仕事をセーブし、中学受験に向けて献身的にサポートをしてくれることもあったので、距離は急激に縮まった。

しかし父親とは依然、小さい壁のようなものがあり、そこそこ顔を合わせるようになっても、それを取っ払うまでには至らなかったのだ。

同性だからこその、反発心や照れもあったと思う。

『冗談じゃねーよ』

問題集を解く手を止めずに、言い返した。

『なんで俺のほうから歩み寄らなきゃならねえんだよ』

『どっちから歩み寄ったっていいでしょ。親子なんだから』

『俺が子で、あっちが親なんだよ。子育ては親の仕事、歩み寄るのもあっちからってのが普通じゃねーの。とにかく俺は、今のままでいい』

『延』

『ほら、とっとと丸つけろよ。おまえ、勉強教えに来たんだろーが』

本当は――。

他所の家の父子のように、休日にキャッチボールをしたり、虫取りに行ったり、サイクリングを楽しんだり、してみたいと思っていた。けれど、言えなかった。

怖かったのだ。失望されるのが。

そんな子供っぽいことを今さら言って、なんだ、つまらない人間だな、と思われたくなかった。相賀美家を継ぐ者として、相応しくないと言われたくなかった。

要するに延少年は、ありのままで愛される自信がなかったのだ。

大人ぶってみたり、やんちゃをして周囲を困らせてばかりいたのも、もとを辿ればそれが原因だ。強がって、訳知り顔で、こちらから嫌われるような真似をして……そうして虚勢をはっていなければ、誰の前にも立てなかった。

紗英は、それらをすべて見抜いていたのだろう。

『まどかさん、延くん、めっちゃくちゃ頑張ってますよ！』

授業を終えてから、リビングで母親に言った。

『模試の結果も良かったし、急にどうしたのって聞いたら、二徹したんだそうです。二徹ですよ。お聞きになりました？』

何言ってんだこいつ、と眉間に皺を寄せたことを覚えている。

というのも、延は徹夜などした覚えがなかった。模試の結果は確かに良かったが、寝ずに勉強してはいない。

『い……いいえ。そうなの、延？』

母は驚いた顔で、問い掛けてくる。焦る。

『いや、俺はちゃんと寝――』

『やーだ、照れるなんていじらしい。先週も三徹、先々週なんて四徹したのよね？』

『してねーし！　四徹って、超人かよっ』

『お母さまに心配掛けたくないからって、隠さなくていいのよ。本当に勉強熱心なんですよ、延くん。最近は、オンラインゲームにも興味がないみたいだし』

『ねーわけねーだろうが！　おい、紗英、てんめぇ何考えて……っ』

『延、紗英さんにそんな口を利いたらダメよ。でも、頑張ってるのね？』

『ぐ……っ、べ、別に、頑張ってないわけじゃ、ねぇけど』

『でも、頑張りすぎてちょーっと根を詰めすぎてる気もするんですよね。受験までまだ八か月はありますし、もし体を壊してしまったらと思うと心配で。息抜きも必要なんじゃないかなあ、なんて……たとえば、ご家族でご旅行とか』

『そう、そうね。そうしましょ。今夜、主人と相談してみるわ！』

こうして計画されたのが、家族三人プラス紗英での別荘滞在だった。

紗英が同行することになったのは、本人も意外だったようだが――。

(投げ出せるわけがないんだ)

家族も、御曹司としての役割も。

投げ出せばきっと、悲しむのはほかでもない紗英だから。

ならば現状、延が炎上を避けるために手放せるものはひとつだけ。

紗英だ。

そうすれば紗英は、心置きなくSNSを続けられる。

こんな年下の、大して好きでもない若造と一緒にいるより、もっと余裕のある大人の男とちゃんとした恋をしたほうが、きっと幸せになれる。

難しいことじゃない。

最初から手に入らなかったと思えばいい。

——『でも、うん、待ってる』

だがその場凌ぎの諦念を押し除けて、寂しげな笑顔が蘇ってくる。

画面越しでも伝わる、丁寧にファンデーションがのせられた肌。小気味よくカールしたまつ毛に、細いアイライン、さりげない涙袋。

あの微笑みを彩る色という色が、自分を想いながら塗られたものだといい。

そう望まずにいられない。

＊＊＊

「お疲れさまでーす！」

持参したお弁当を抱えて休憩室に飛び込むと「お疲れさまです、係長」と低い声に迎えられる。先に席に着き、お弁当を広げていたのは中田だった。

「今週、ずっとお弁当ですね。最近、外が多かったのに」

「え、あー、うん。そうだね。このところ、ちょっとやることがあって」

延が海外出張に出掛けてから、早三日。

朝と昼にビデオ通話をするのが、紗英の日課になりつつある。

早食いするならと、ランチは三日連続で大きなおにぎりふたつだ。具は醬油で炒めたウインナーと、おかかチーズ。炭水化物にタンパク質を加えてあるから、ひとまず栄養面もそんなに悪くない……はず。

中田の斜め前に座り、包みを広げる。

「中田くんこそ、いつもお弁当だよね。お手製？」

「はい。好きなんですよ、料理。意外でしょう」

「ううん、そんなことない。すごい、色鮮やかで美味しそう。料理ができるっていいよね」

言いながら、思い出すのはやはり延の顔だ。

寝起きで食べた、ミネストローネ。ほんのり酸っぱくて、美味しかった。あのときの快感の余韻まで、ぼんやりと肌の上に蘇ってくるような――。

そこでハッとして、紗英はバンっ、と両手で勢いよく顔を覆った。

（……っもう、もうもうもう！）

気付けば、ずっとこの状態だ。自分でも困惑せざるを得ない。

油断した途端、延で頭がいっぱいになっている。その声が、視線が、広い肩幅が、気配が、体温が――思い返すたびに胸の底でチリチリと焦げる。甘いままほろ苦く、香り立つものに変わっていく。

「だ、大丈夫ですか、係長」

「うん、ごめん……」

叩かれてひりつく顔が、ジンジンと熱を持って、もはや心地いい。

「あのさ、中田くん。一個だけ、聞いてもいいかな」

「はい、なんですか」

「料理上手な男の人でも、彼女にご飯作ってもらったりしたら、嬉しいかな」

「嬉しいに決まってるじゃないですか！」

「そっか。そうだよね」

ならば次に逢うときは、何か作ってご馳走しよう。紗英のアパートに来てもらうのもいいが、延のマンションで一緒に作るのも楽しいかもしれない。

あるいは先に部屋にお邪魔して、料理をしながら延の帰りを待つとか——。

(合鍵、本当は欲しいって、言ってみようかな)

以前メッセージをもらったときには、恥ずかしくなって返信できなかった。そうしているうちに次のメッセージ、また次のメッセージが届いて、押し流されて、画面の外へ行ってしまった。

今さらだ。

延はきっと面倒そうに言うだろうが、合鍵はきちんとくれると思う。

「それって、こないだの人ですか？」

すると、少々遠慮がちに中田は言った。

「飲み会のときの。じゃあ、付き合い始めたんですね、彼と」

「え、あ、……うん、実は」

「そっかあ。そうすると、僕の付け入る隙は完全にないってことですね」

一転、紗英は己の迂闊さを悔いる。

そういえば以前、中田に告白されたのだった。同じ倉庫内とはいえ、部署が違うので接点がほとんどない。あれ以来、顔を合わせることもなかったから、すでに忘れかけていた。

「ごめん、わたし――」

「ああ、いいんです、冗談ですよ。もうすでに諦めてますって」

笑顔で言ってくれる優しさに、かえって申し訳なくなった。これ以上、プライベートの話をするのはやめたほうがよさそうだ。うっかり口を滑らせかねない。

そうこうしているうちに、スマートフォンが震え出す。延からの着信だ。失礼、と中田に断ってから、急ぎ休憩室を出る。

「もっ、もしもし！」

待ちきれなくて、建屋の外に出る前に、音声だけで応答した。

通路は走らない、との張り紙の前を、競歩の勢いで通り過ぎる。

「ごめん。すぐにビデオ通話に切り替えるから、ちょっと待って」

『いや。忙しいなら、あとでもいいぞ』

「ううん！　わたしがのんびりしちゃってただけで、忙しくはないの」

外に繋がるドアを押し開くと「係長！」背後から中田が追いかけてきた。

「お弁当っ。忘れてますよ！」

差し出されたのは風呂敷に包まれたおにぎりがふたつ。食べるどころか、その存在ごとすっかり忘れていた。軽く会釈をして、受け取る。

「ありがと、中田くん」

「いえ。余計だったらすみません」

「そんなことない。助かっちゃった」

そうしてやってきた屋外は、綺麗に晴れていた。作業着では少し肌寒いが、真冬の頃ほどでもない。画面を操作して、ビデオ通話に切り替える。

「お待たせっ」

ベンチに腰掛けると、パッと画面に映った顔は明らかに不満げだった。

「延？　どうしたの？」

『いや。のんびりって、そいつとかよと思って』

「そいつって」

『別に』

もしかして、中田に妬いているのだろうか。

だとしたら、なんて可愛いのだろう。子供の頃のように捕まえて、頭をうりうりと撫でくり回したい。

変容したての恋心はとりわけ複雑だ。

頼りたい、寄り掛かりたいと思う気持ちの奥に、子供の頃のまま、まだ純粋に慈しんでいたい気持ちが残っている。真珠の核みたいに、それがなければこの関係も成立しなかったのだろうけれど。

「ねえ、延、帰国したら何が食べたい？」

この問いかけには『寿司』と即答だった。

「手巻き？　いなり？」

『なんで二択なんだよ。ウニが食いたい』

「軍艦ね……、流石に握れそうにないから却下。ほかには？」

『あ？　じゃあ、天ぷら』

「それもさ、できないわけじゃないのよ。でもいかにも家庭の味なのよ。延、まどかさんの行きつけみたいなところで食べるのが、天ぷらだと思ってるでしょ？」

『なんだそれ。だったらラーメンでも行くか。俺、豚骨ラーメン食いたい』

「んんんん、トンのコツを煮出すだけの根性はないかも……っ」

『焼肉』

「肉とタレとカット野菜を買ってくれれば完成しちゃうやつ」

『大喜利か。おまえな、どう答えたら正解なんだよ』

「いや、だから、その……わたしに作れるもので、食べたいもの、ないかなって」

言った途端、他所に行っていた延の視線がこちらに向いた。虚をつかれたふうだ。

「延、料理すごくできるみたいだし、満足してもらえるかわからないけど」

『……マジで言ってる？』

「うん。先に食べたいものがわかれば、初挑戦のメニューでも練習できるでしょ。だから、教えてもらえると助かるの。何かない？」

『なんでもいい。紗英が作るものなら、なんでも——ってのは答えにならないよな』

後ろ頭を掻いて、一生懸命に考える延はワイシャツ姿だ。

ネクタイを外しているのは、一日の予定を終えたからだろう。背後に映り込むホテルの部屋は、照明の所為かほっこりとしたオレンジ色に染まっている。

『じゃあ、そうだな、唐揚げ』

「唐揚げ！　それなら得意よ。たくさん用意しちゃう」

前歯を見せて、延が笑う。心底喜んでいるのが、伝わってくる表情だった。

本当に好いていてくれるんだなぁ、と自惚れでなく実感させられる。

でも、果たしていつ、恋になったのだろう。

まどかの口ぶりからすると、小学生の頃にはもう……という雰囲気だったけれど。

(帰国したら、聞いてみようかな。でも、素直に教えてくれそうにないかも)

そんなことを考えながら、また明日ね、と約束をして電話を切った。そこからたった五分の休憩時間を使って、おにぎりを胃袋に詰め込む。

なんの疑いもなく、信じていた。また、次の着信があると。

しかし翌日、延からの電話はなかった。朝も、昼もだ。

きっと忙しいのだろう。そう思い、夜になってメッセージを送った。無理はしないでね、とだけ。既読にはなったが返信はないまま、また次の日――。
延からの連絡は、やはりなかった。
何かあったのだろうか。もしかして、体調を崩しているとか？
徐々に心配になって、まどかに尋ねてみようと思った矢先だ。紗英は普段、動画を公開する際に利用しているＳＮＳに異変が起きていることに気付いた。
コメント欄が、荒れている。
――紗英って、王美堂の御曹司とデキてるってほんと？
――御曹司と同じ大学の子が、二人でいるところ何度も見てる
――テーマパークでも一緒だったたって
――ステマじゃん
――最悪
慌ててコメント欄を封鎖しようとして、いや、駄目だ、と思い直す。鬱憤の捌け口をなくしたら、攻撃の矛先は間違いなく王美堂へ向かう。
それだけはいけない。
（どうしたらいい？　ううん、まず王美堂は無関係だって伝えなくちゃ）
いわゆるステマに該当しないよう、紗英は細心の注意を払って動画作りをしてきた。

王美堂に偏らず、あらゆるメーカーのコスメを使用したし、特定のメーカーばかりを絶賛したこともなければ、至らないところは至らないと辛口の評価だってしてきた。

過去の動画をずっと視聴していた人には、公平性が伝わっていると思う。

しかし、延との関係は事実だ。メイク用品だって、SNSを始める前からちょくちょく受け取っていた。そのこと自体に反感を抱く者はいるだろう。

震える手で、スマートフォンを握り締める。

そうしている間にも、批判コメントは増えていく。集まる注目が、向けられる意識が、まるで振り上げられた拳のように感じられて冷や汗が滲む。

額に怪我を負ったあと、教壇に立ったときの感覚と同じ。

息が、できない。

＊＊＊

このままでは、余計に恋しくなるだけだ。手放せなくなってからでは遅い。

だから、連絡を絶った。

突然音信不通になることで、紗英が怒り、延に愛想を尽かすのなら、なおさら好都合だった。いっそ徹底的に嫌われてしまえばいい。

それで届いたメッセージも、既読にしつつもあえて返信をせずにいた。

「出張も大詰めだな。忙しかっただろう」

ハイヤーの中で父が言う。

「ヴィーガンコスメでは、韓国に一歩遅れを取ったからな。欧米市場で盛り返せるよう、我々も地道に人脈を太くしておかねば。今後は、おまえに引き継いでもらうぞ」

「もちろん、承知しています」

「今夜、代理店の代表との食事を終えたら、先に帰国してもいいぞ。深夜の便なら、まだ空席があるそうだ」

「……父さんは？」

「私は明日、余裕を持って帰るよ。年齢の所為か、体力が続かなくてね」

「だったら俺も、明日でいい。ホテル、今夜も押さえてあるんだろ」

急ぐ必要はない。

紗英は恐らくもう、延の帰りを心待ちにしてはいない。

(俺がいなくても、きっと、楽しくやれる)

先日も紗英は、延との電話の時間を忘れて中田とのんびりしていたようだった。

浮気を疑っているわけじゃない。

しかし中田が紗英に気があるのは明らかだし、延が紗英を手放しさえすれば、付き合い出すまでさほど時間は必要ないはずだ。

言い寄られれば、紗英はノーとは言わない。それが独身で、浮気性でない男ならば。

考え始めると、虚しくなってくる。

するとジャケットの右ポケットの中で、スマートフォンが震え出した。

噂をすればなんとやら、紗英からの着信だった。

まだ愛想を尽かしていないのか。一喝するつもりなのか。あるいは、別れ話でもしようとしているのかもしれない。

なし崩し的に始まった関係なのだから、顔を見ずに終わるのも納得だ。仕方ないと思いながらも、出られない。指が、画面まで届かない。

見ないふりをして電源を切り、ポケットに戻した。

そして、そのまま――。

会食が終わるまでの三時間、あえて意識の外に置いていた。

「延さん、少々よろしいですか」

父の秘書に呼び止められたのは、レストランを出ようとしたときだ。

焦った様子で、タブレットを差し出される。画面に表示されていたのは、紗英が最近公開したメイク動画だ。

普段、数十件に留まるコメント欄には何百という書き込みがなされていて、明らかに異様な熱量だ。

「またバズったのか?」

画面をスクロールして延は青ざめた。

――ステマ、詐欺、王美堂御曹司とデキている
事実や憶測だけではない。言い掛かりや誹謗中傷、便乗の冷やかしまでもが混沌と、コメント欄を埋め尽くしている。

「……なんだよ、これ」

「先ほど、奥さまから連絡がありました。延さんにお伝えするように、と。奥さまは真っ先に紗英さんにお電話をされたようですが、通じなかったそうです」

野次馬の話題は、延の父が当初危惧していた、額の傷痕云々というところまでは及んでいない。

だが、もはや時間の問題だ。むしろすでに最悪の状況と言える。

(紗英は知ってんのか。放置してるってことは、まだ?　いや、まさか)

ポケットの中のスマートフォンを摑み出す。

紗英からの着信は、この事態を伝えるためだったのではないか。

日本は今、早朝だ。すると三時間前は真夜中で、そんな時間に突然電話を掛けてくるなんて非常事態だったとしか思えない。

背中に、冷や汗が滲む。

すぐに電源を入れ直し、電話を掛けたが応答はなかった。何度コールしても、留守番電話にすらならない。

「悪い。俺はすぐに帰国する。父さんに事情を説明しておいてもらえないか。それから、王美堂としての対応はまだしないでほしいと伝えてくれ。母さんにもだ」

「かしこまりました。帰国便のチケットは手配いたしますか？」

「いや。自分でどうにかする」

秘書の返答を聞くなり、通りすがりのタクシーに飛び乗った。

航空機のチケットをネットで予約する傍ら、祈るような気持ちで紗英にメッセージを送る。起きてるか、大丈夫か、昨夜は応答できなくて悪い——。

既読はつかない。出勤したのかもしれない。いや、それこそ通勤電車の中で返信くらいできるだろう。

頭をよぎるのは、紗英の祖父が入院した日のことだ。

丸まって震える背中は小さく、嗚咽を漏らさずに泣く様子は痛々しく、もしも今、同じような状態でいたら、と想像すると胸が潰れそうになる。

ホテルに立ち寄ると、荷物を手当たり次第にトランクに詰め込んで、空港へ。当然のことだが、フライト中は一睡もできなかった。

9　御曹司、ようやく初恋を実らせる

危機感が働いたときには、たいがい手遅れだ。

二十年生きてきて、延はそのことを痛いほど思い知った。

誘拐未遂事件の際も、体格のいい大人に囲まれ、まずいと思ったときには口もとを押さえられ、叫ぶことすらできなかった。

間一髪、駆け付けてきてくれた紗英が傷つき、倒れ込んだときも。

夢を諦め、大学を辞めたと聞いたときも。

これは恋だと自覚したときだって、すでに事実は動かせなくなっていた。

(もう、間に合わないのは嫌だ)

自分の何をどれだけ捨てたって、今度こそ守る。紗英には二度と、塵ひとつだって諦めさせない。

「紗英、いるんだろ!?」

帰国したのは、翌朝の早朝だ。

ロスでホテルを出てから、丸一日。無我夢中でアパートの扉を叩くが、応答はない。

「俺だ！　紗英！」

おかしい。普段通りなら紗英はまだ出勤前、部屋で身支度を整えているはずだ。

近所に配慮する余裕もなく、薄い扉を太鼓のように叩く。やはり返答なしだ。

いっそ蹴破ってしまおうか。勢いをつけるために足踏みし始めると、小さく、鍵を開ける音がした。

「紗英！」

ドアノブをがむしゃらに引いた延は、直後にぎくりとする。

紗英の体が扉とともに、腕の中に倒れ込んできたからだ。

「おいっ、どうした、紗英、紗英っ」

「あ……うん、ごめ……っ」

息が切れている。急ぎ、担いで部屋の中に入る。

目は赤く、瞼は腫れ、とても普通の状態じゃない。熱でもあるのではないかと額に触れたが、汗をかいていてむしろ冷たかった。

「保険証はどこだ？　今、病院へ連れて行く」

平熱だとしても、放置できる状態じゃない。

ベッドに腰掛けさせると、紗英は苦しそうに眉根を寄せ、弱々しく肩を上下させた。それでも「ううん」と気丈にかぶりを振ってみせる。

「大丈夫。ちょっと、落ち着いてきた……」

「無理して強がるな。いつからこうだった？」

「えと……昨日」

「俺に電話を掛けて来た時間だな？」

「え、あ、うん。ごめんね、ちょっとあのとき……気弱になっちゃって。もしかして、折り返しの連絡くれてた？　スマホ、見る余裕なくて……」

長く話して疲れたのか、はーっ、と長く息を吐く。

その視線は、何かを物語るようにドレッサーに向けられていた。紗英がメイク動画を撮る際に使っている、照明が備え付けられた大きな三面鏡の――。

そこに、まるで視界から消すようにスマートフォンが置かれているのを見て、延は全てを理解する。胸に、後悔がどっと押し寄せてくる。

「……ごめん」

「なんで延が、謝るの」

「ごめんな。俺の所為だ」

俺が、早々に手放せていたら、こんなことにはならなかった。

「そんなわけ……ないでしょ」

「いいや。俺なんだよ。元凶は、いつも」

もう子供なんかじゃないとイキがってきたけれど、なんのことはない。今の今まで、延は身勝手な子供だった。想像できなかった。ただ欲しいというだけで、がむしゃらに手を伸ばした。それ以上の正解なんてなかった。

けれど今は、大事だからこそ、これが正解ではないとはっきりわかる。

紗英が腰掛けているベッドの前、まるでプロポーズでもするように延は跪いて細い手を取る。胸が張り裂けそうだ。

それでも、言った。

「別れよう、紗英」

これが大人になるということなら、なんて残酷で、なんて皮肉なのだろう。

「別れて、それで、世間に発表するんだ。俺たちの間には何もない。化粧品は俺がおまえに押し付けてただけで、マーケティングに関わらせてはいないって」

同時に、誘拐未遂事件も打ち明けてしまうのがいいだろう。

こうなった以上、あとから次々と不都合な真実が掘り起こされるより、いっぺんに明らかにしてしまったほうが潔い。

そうして、紗英がＳＮＳを続けていけるように事態を収拾させる。

もしもそれでも、まだ火消しが叶わぬならそのときは、延が家業から手を引く。紗英が今まで、延のために払った犠牲に比べたら、些細なことだ。

王美堂を守るためならば、両親だって納得してくれるだろう。

「そんなことしない。わたし、別れない」

紗英はゆるゆるとかぶりを振った。

「延がわたしのこと、嫌になったわけじゃないなら、別れない」

顔を歪めているのは、まだ、息苦しいからだろうか。

「もう、そんなに俺を気にかけてくれなくていい。フっていいよ、今度こそ」

「どうしてフらなきゃならないの」

「俺がおまえを初めて無理やり押し倒した夜、終わりにしようって言ってただろ。あのときに戻っただけだ。正直に打ち明けるとさ、俺、父さんから頼まれてたんだ。紗英にＳＮＳをやめさせろって」

「……え」

「でも、安心しろよ。やめなくていい。もうおまえは、何も失わなくていい。夢とか居場所とか、そういうの全部、この先は俺が守るから。離れてても、絶対に守ってやるから。だから」

別れよう。

そう言おうとした途端、紗英の体が前に傾いた。反射的に両腕を伸ばせば、そこに狙いを定めたふうに、羽根のように軽い体が飛び込んでくる。

「ごめん、延……」

了承されたのだと延は思う。あっけない幕切れだ。

「いいって。俺こそ、強引で悪かったよ。反省してる。幸せになれよ」

「ううん。ごめんって言ったのは、そういう意味じゃなくて」

「じゃあ、なんで謝るんだよ。紗英は何も悪くないのに」

「本当に？」

腕の中でそろりと、紗英が顔を上げる。申し訳なさそうに眉尻を下げて言う。

「その、あのね、怒らないで聞いてね。ＳＮＳ……昨夜、引退宣言してあってね」

「引……？」

「そう。それでついさっきパソコンから、今までの投稿、全削除しちゃった……」

遠慮がちなその言葉を脳内で処理し切るまで、たっぷり三秒かかった。

「――はあ!?」

見事に声を裏返らせ、延は顎を突き出す。これが狼狽えずにいられるものか。

紗英は今、なんと言った？　引退？　全削除？　冗談だろう。

「あ……阿呆か！　なんで自分から捨ててんだよ。せっかく積み上げてきたのに」

「や、うん、そうなんだけども。あ、アカウントは一応、残してあるのよ？　批判の捌け口として、まだ書き込める場所は残しておいたほうがいいのかなって」

「じゃ、じゃあ、あれはどうしたんだよ。あれ、あの、外資系のブランドの……」

「オファー？　昨夜のうちに断りのメールを送ったわ。だからやらない」

「やらないって、あっさり言い切ってんじゃねえっ。もっとしがみつけよ。なんで俺みたいな奴のために、おまえがいちいち犠牲になんなきゃなんねえんだよ」

「犠牲になんかなってない！」

そこまで割と冷静だった紗英が、突然声を荒らげた。

「そういうのじゃないのっ。本当にそうだと思うなら、延はわたしのこと、買い被りすぎよ！」

言うだけ言って、ひとまず勢いは落ち着いたのだろう。

延から体を離し、床の上にぺたりと座り込む。

「単純に、できないと思ったの」

「できない、って」

「相手の顔が見えない状況でも、たくさん注目されたら怖くて、息が止まりそうだった。さっきだって、動画を削除するのに、大量のコメントを前にしただけで余計に苦しくなって……こんな状態で、講師なんてできるわけないでしょ」

「それは……」

「逃げたって言われれば、それまでよ。ステマの件は引退宣言のときに説明したけど、好意的な反応だけじゃなかった。延とのことも、結局、何も打ち明けられなかった」

「悪い。俺が、電話に出なかったからだな」

「違う。わたしが、立ち向かえなかっただけ。情けないよね、大人のくせに。延は、わたしにもいいところがたくさんあるって言ってくれたのに……」

紗英はそこで、はっとしたような顔をした。

面倒臭いことを言ってごめんとか、今のなしとか、強がる様子が予想できて、延はすぐさま封じるように言った。

「大人を理由に、自分を抉んのやめろ。もう、ひとりで背負おうとしなくていい」

返答はなかった。

紗英はただ、瞳を揺らして延を見つめる。

その頭の向こう、ベッドの奥の壁には、滑り出し式の窓がある。嵌め込まれたフロストガラス越しの朝日が眩しくて、延はわずかに両目を細めた。

「わたし……」

紗英は言う。

かすかに声を震わせ、抑え込んでいた感情を、ゆるゆると解放するように。

「動画を観てくれた人、評価してくれた人、交流してくれた人、みんなに感謝してる。おかげで、SNSにはいい思い出しかない。メイクもコスメも大好きよ。でも」

「でも？」

「このままでいいのかな、って。おじいちゃんが倒れたとき、我に返っちゃって……だけど、だったらほかにどうしたらいいのかも、わからなかった。今回のことが、かえってわたしの背中を押してくれた気がしてる」

やっとわかった、と紗英は鼻にかかった声で言う。

「大好きなこと、続けるなら、延の隣がいい」

「俺の……？」

「だめ……かな。こんな騒ぎになっちゃって、もう、延の側にいる資格、ないかな」

眩さに耐えて凝視すると、その肩は臆病に震えていた。

まるで、身体全部で恋しいと叫んでいるかのようだ。

だめなわけがない。そう言いたかったのに、喉が張り付いて声にならなかった。だって、まさか、こんなこと。期待はしても、予想はできなかった。

「わたし、延が好き」

「紗英……」

「延さえいれば、ほかに何もいらない。わかっ……別れたくない……っ」

か細い声を聞いた瞬間、延は紗英を抱き寄せた。

華奢な肩を片腕で手繰り、胸に閉じ込めてぎゅうっと力を込める。そうしてやっと、手が届いた気がした。初めて抱いたときよりも、触れているという実感があった。

好きで、好きで、傷つけてもなお好きで、見上げるほどに恋焦がれて。

思えば――。

今までずっと大人になりきれないだけでなく、素直にもなれないままだった。

一番大切な言葉を、たった一度だって告げられないほどに。

「――好きだよ」

何を失っても、側にいたいと願ってくれるのなら。

この先、どんなことがあろうとこの手を離さない。

好きだ、と吐息混じりに再び囁けば、紗英はしゃくり上げながら頷く。その唇は「わたしも」と言い掛けていたが、あえて遮って口づけを奪った。

＊　＊　＊

すぐ後ろにベッドがあるのに、そこに上がる手間も惜しかった。絡み合ってフローリングに倒れ込み、先を急ぐように服を脱がせ合って、もつれるように抱き合う。

「悪い。仕事……送ってやれる気がしない」

ブラのホックを外されながら耳もとで言われ、紗英は肩を竦ませかぶりを振る。

「平気。実は今日、すでに欠勤の連絡、してあったから」

SNS上の動画を削除しているとき、過呼吸になりかけて、急いで職場に連絡したのだ。こんな状態では、就業時間には間に合わない。間に合ったとしても、まともに働ける気がしなかった。それなのに――。

「もしかして、体調悪いか？　やめておこうか」

「ううん。もう、治っちゃった」

「マジかよ」

延は訝しげに片眉を上げたが、本当だ。

延の顔を見て、声を聞いて、そして触れたら、嘘のように楽になった。やはり延でなければ駄目だ。延にこれからもずっと側にいてほしいと、痛感した。

「きて」

こちらを見下ろしている人の首に、両腕を巻き付けて引き寄せる。

顎を浮かせて唇を迎えに行くと、口づけと同時に後頭部に掌が添えられた。床で頭を打たないよう、さりげなく気遣う仕草がくすぐったくも嬉しい。

「ん、ぅ……っ、ぁ！」

しかし、入り込んできた舌は急いていた。いつものように——いや、以前よりもっと、早く奥まで暴きたいと言わんばかりに。前歯の隙間を割られ、口内をぐるりと舐め回されたかと思えば、舌を強引に吸い出されてしまう。

「は……ぅ」

勢いのあるキスに必死になって応えているうちに、下着類を剝がされていた。

己の身を隠すものをすべて失ったことに気付き、慌てて延のワイシャツのボタンに手を伸ばす。そういえば、スーツだ。仕事を終えて、すぐに飛行機に飛び乗ってくれたのだろう。心配させたに違いない。

ごめん、と謝りたくても、濃厚な口づけがそれを許してくれない。

「んん……ふ」

ワイシャツを脱がせ切り、ベルトに手を掛けると、延の手に遮られる。

「やめとけ」

「……なんで」

「ゴムがない」

こんなことが以前もあった。避妊具がないからと、繫がることなく延にひたすら快くされて……また同じようにされるのかと思うと、泣きたくなってくる。

「……いいよ」

「うん……?」

「今日なら大丈夫。だから、して……」

言い切るや否や担ぎ上げられ、ベッドにのせられた。

仰向けの状態で両脚を開かれ、秘所に顔を埋められる。あてがわれた唇に震えたのも束の間、割れ目には生温かい舌が大胆に入り込んできて——。

「う、ァっ、あ、延っ、いきなり、激し……っ」

「そんなふうに煽られて、悠長にしていられるかよ」

「ンあ……っ、ふ」

いけない、声が。

慌てて両手で口を押さえたら、指の隙間から吐息が零れていった。

下腹部が加速して熟れる。柔らかく、甘くなって、崩れ落ちそうになる。

まるで、強引なキスだ。つい先ほどまで口内を乱していた舌が、恥部をまさぐっている。

ぐるりと周囲を舐め回しては、そこに潜んでいた粒を盛んに吸い出す。

「ぁ、っう、ンン……待って、そんなに、音っ、立てない、で」

壁、薄いのに。外に音が漏れ出さないか、不安になって窓を見る——閉じている。だが、それでも心配になるほど、あからさまな音の立て方だ。

紗英は懸命に声を我慢しているのに、いや、だからこそ、に違いない。

いやらしい水音はひっきりなしに上がり、室内を淫靡な空気で満たしていく。

「早く濡れろよ。待てない」

「んぅ、うア、っ指、挿れるのは……っ、ン……!!」

侵入してくる指に気を取られていると、舌でぐっと脚の付け根の粒を押された。それを軽く潰すようにして、左右にぐちぐちと揺らされる。

目の前が明滅するほど、鮮烈な快感に声が上擦る。

「……ああ、もう奥は出来上がってるな」

さらに中を撫で回されるかと思いきや、指はあっさりと引き抜かれた。虚しさを感じる暇はない。理解が追いつかないまま、蜜口に張り詰めた先端を押し当てられる。

来る。

思わず息を詰めた次の瞬間、重い衝撃を伴って屹立を一気に挿入された。

「ッは……!」

体の中心を貫く快感に、反射的に背中が反る。両脚をぴんと伸ばし、紗英は腰をびくんと跳ね上げた。意識が飛びそうなほど強い悦に、もはやなすすべもない。

ベッドが派手に軋んでも、気にしている余裕はなかった。

「も、イって、るからァ、っ動くの、待っ……あ、あうっ」

「は……、この状態で、じっとしてろって？　無理に、決まってんだろ」

きゅうきゅうと締まる膣内で、延はさらに奥へと入り込んでくる。いや、紗英が自ら引き摺り込んでいるのかもしれない。行き止まりに先端を押し付けられ、あまつさえゆったりと撫でられたら、一瞬、浮遊感を覚えた。

「は、ッあ……はぁっ、なに、今の……っ」

いつもの、連続して弾ける感覚とは違う。また別の種類の快感が、呼び起こされていくみたいだ。戸惑ってもなお揺さぶられ、逃げることはできなかった。

「あ、あっ、あ……、中、溶け……っあ、あ！」

「そんなに大声でヨガったら、もうここ、住めねえだろ」

「っ気持ちい……い、あ、あぁ、っ……きて、る……また、きちゃってる、うぅ」

「まあいいけどな。おまえもう、今後は、ウチに住めば」

はっ、と短く息を吐いた延は、紗英の腰を左右からがっちりと掴む。そして欲に身を任せるが如く、猛烈なピストンを始めた。最奥を打たれ、ぎりぎりまで引き抜かれ、それをまたいっぺんに埋め戻されて……。

「う、ンン……もぅ、おかしいの……これ……ここ、ぜんぶ」

「どこ？」

「ここ……」

応えて、下腹部を緩慢に撫でる。

見せつけるように、茂みを上からクチクチと弄る。延の視線が心地よくて、さらに割れ目を左右に開き、膨れた粒をあらわにする。

「触って、なくても……ずっといい……っ、はぁ、っ」

「そうだろうな。それだけ腫れてれば」

「あ、っ……あ、じんじん、する……なかも、外も……ぉ」

「そんなに見せつけんなよ。俺のを、がっつり咥え込んでるとこ」

その目が恍惚と細められたのを見て、紗英もまた、確かめたくなった。

頭を持ち上げ、覗き込む。と、指で広げられた赤い花弁の向こうに、黒々とした雄のものの根もとがあった。怒張した状態で、深々と紗英の中に差し込まれている。

「あ……」

どくどくと心臓が高鳴る。卑猥すぎる光景から、途端に目が離せなくなる。

感じるのと、見るのとでは大違いだ。

身体中探しても、これほどしっかりと他人を受け入れられる器官はほかにない。まるで誰かと——延と、繋がり合うためだけに用意されていたかのよう。

(……すごい……)

歓喜に震え、肩で息をしながらその場所を見つめていると、延はわざとらしくゆっくりと、自身を抜き差しし始めた。

「おまえの、こんなに深い……わかるだろ？　根もとまで挿れると、奥に届くの」

「はぁっ、あ……あ、うん……うんっ」

「今日はここに、出していいんだよな？　ん？」

「ん……っ、う、ん」

「うん、じゃねえだろ。ちゃんと欲しがれよ」

浅い位置まで抜かれては埋め戻される、たったそれだけの動作に気付けば心まで奪われていた。接続部だけでなく、頭の中も熱っぽく侵されているみたいだ。

視線を外せないまま、紗英は半ば朦朧と呟く。

「ちょう……だい……」

「何を？」

「え……延の……っ……硬く、なってるやつ……」

何を言っているのだろう。

もう、わからない。でも、うれしい。

うっとりと微笑んでみせたら、のしかかるように口づけられた。

「ん、んン……」

持ち上げていた頭が、枕に戻る。

思うままに揺さぶられる体の上で、乳房が暴れる感覚さえ、もはや気持ちいい。

上下に、あるいは円を描いて、ふたつの膨らみが翻弄されている。それをなんとなく捕まえて両手で捏ねていたら、右胸の先にむしゃぶりつかれた。

「あ、あ……これ……だめ、もっと、イっちゃ……っ」

じゅうっと吸われ、軽く引っ張られながら離される。

幾度も同じようにされると、膨らみ全体が熱を持ち始めた。軽く唇が触れただけで、飛び上がるほど感じるくらいに。

「ひっ、あ、も、止まんな……っいいの、ぉ、お」

訴えるたびに、延の動きは激しくなる。

ベッドのスプリングを生かし、弾むようなストロークを繰り返す。何度でも奥を突かれ、内壁をくまなく擦り上げられて、意識を保っているのが精いっぱいだ。

降ってくる息は荒く、重なる肌がみるみる汗ばむ。

「紗英……もっかい、欲しいって言って」

そんなふうに言われても、唇が痺れていて言葉にならない。

「ぁ……は、ぁっ……ふ……」

懸命に、ねだるように延の腰を摑む。両手で引き寄せ、接続部をぐいぐいと押し付ける。

延に何を乞われるまでもなく、欲しくて欲しくてたまらなかった。

紗英、と耳もとで囁く声。

ふっと揺れが収まったと思ったら、奥の奥を限界まで押し上げられた。襞に包まれた屹立は、ひとときかすかに震える。そして奥の奥に広がる濃いもの――。

望み通りの熱を得て、紗英は眠りに落ちようとしたが、叶わなかった。

引き止めるみたいに両胸を揉まれ、先端を捏ね回されて、弾けたままにさせられたからだ。ビクビクと快感に震えているうちに、一旦力を失ったはずの男のものが勢いを取り戻し、また揺さぶられる羽目になる。

「ん、う……延……」

「……いい顔。俺に抱かれんの、好きで好きでたまらないって顔だ」

結局、陽が高くなっても延に離してもらえず、その日初めての食事にありついたのはすっかりあたりが暗くなってからだった。

10　御曹司、両想いに浮かれる

数日後、紗英は延とともに相賀美家を訪ねた。

ネイビーのワンピースに、履き慣れない五センチヒールの靴。髪も上品にハーフアップにしてきたのは、ほかでもない。お詫びの気持ちを示すためだ。

「申し訳ありません。ご迷惑も、ご心配も、お掛けしてしまって」

SNSを騒がせた件、そしてその件で連絡をもらっていたにもかかわらず、すぐに応答できなかった件に関して、どうしても直接頭を下げたかった。

延は自分の責任だ、気にしなくていいと言ってくれていたのだが、その優しさに甘えるだけではいられない。

この先も、延の隣にいたいと望むのなら。

「んもう、そんなに気にしなくてもよかったのに。さ、上がって」

そう言って、まどかが室内へ導き入れてくれる。

「ですが、王美堂さんにも苦情が入っているのでは」

「いいったらいいの。王美堂の化粧品は私たちから勝手に贈っていたわけだし、延との付き合いだって私たちは了承済みだったたし、それにほら、紗英さんだって被害を受けた立場なんだから、責任を感じる必要はないのよ」

ねっ、と笑い掛ける表情には少々、含みがある。それもそのはず——。

まどかの台詞は、かつて額の傷痕に関して詫びにやってきた夫妻に、紗英が返した言葉とよく似ていた。お互いさま、ということだ。

うんうん、とまどかの隣で延の父も頷いている。

「むしろ、非は全面的に我々にある。何もかもを紗英さんに背負わせる前に、不都合でも真実を公表すべきだったんだ」

「だから言ったじゃん」とは、延のぼやきだ。咄嗟に、その脇腹を肘でつつく。話がややこしくなるような方向に持っていかないでほしい。

幸い「すまなかったね」と延の父は気にしていない様子だったが。

「SNSをやめてほしいだなんて、失礼なお願いをしてしまって」

「旦那さま、わたし、頼まれたから動画を消したわけじゃないんです」

「大丈夫。延から全部聞いているよ。それでも、紗英さんに余計な迷惑を掛けたことに変わりはない。本当に、申し訳なかった」

「そんなこと……っ」

「とにかく、この先の対応は我々に任せて。紗英さんはもう何も気にしなくていい」

どうやら夫妻のもとには現在、週刊誌からの取材依頼が来ているらしい。

ここへやってくる直前に、延がそう教えてくれた。

取材内容は、誘拐未遂事件に関して。このぶんだと、全て認めることになるだろう。

しばらく夫妻の身辺は騒がしくなるはずだ。王美堂にも、逆風が吹く。が、悔やんだり、ああしておけばよかったなんて考え方はしないと決めている。

そんなことをしたら、延を悲しませてしまう。

「さあさあ、座りなさい延、紗英さん。食べよう」

通されたダイニングのテーブルには、和食のご馳走が所狭しと並んでいる。蕎麦に、炊き込みご飯に、お吸い物に、そして天ぷら――。

「わ……！　これ、どうしたんですか⁉」

「うふふ。こないだ天ぷら、食べ損ねちゃったでしょ？　だから仕切り直し」

見れば、キッチンには日本料理店で見かけた板前が立っていた。わざわざ呼んで、ここで作らせたのだ。一般庶民には思いもつかないもてなしに、恐縮してしまう。

「うちで天ぷらって正月ぶりだな。大将、俺、鱧」

なんて呑気にしている延を横目に、頭を下げる。

「ありがとうございます。遠慮なくいただきます……っ」

勧められるまま席に着くと、キッチンからじゅわっと小気味いい音がし始める。

過去にも何度か、ここで食事をご馳走になったことがある。

家庭教師だった頃、授業が終わったあとに、夕食のご相伴にあずかったりしたのだ。が、
延の恋人として席に着くのは当然初めてで、なんとなく緊張してしまう。

（そもそも恋人の家族と食事なんて、今までしたことがなかったなぁ……）

どんな話題をどう切り出したものか考え込んでいると、

「ところで」

延の父が日本酒のグラスを片手に満面の笑みで言った。

「ふたりとも、式はいつにするんだい？」

「……式と、おっしゃいますと」

「神前？　チャペルもいいだろうね」

「あらぁ、まずはふたりきりで海外挙式、それから正式にお披露目じゃない？」

結婚式のことだ、とようやく理解して、紗英は手にしようとしていたご飯茶碗を転ばせてしまう。すぐに持ち直したので、大事には至らなかったが。

「え、ええと、あはは」

ひとまず笑っておく。

二十九の紗英にとって、結婚は身近なものだ。焦りを感じたことはないが、想像がつかないほど先の話でもないという感覚だ。

気心知れた延が相手なら、きっと一生、楽しくやれる。

けれど延は若いし、以前、紗英の祖父に言っていたようにまだ『そりゃねーよ』の範疇なのだと思う。

「グアムかしら。パラオとか、フィジーもいいわね」

そわそわしているまどかに、延は斜め前から「あのな」と呆れたように言う。

「まだ考えてねーよ、結婚なんて。言っとくけど俺、まだ学生だからな」

やはり。

わかっていたはずなのに落胆してしまうのは、わかったふりをして内心、期待していたからに違いない。

「でももう成人してるじゃない。仕事だってしてるし、おじいちゃんの遺産でそこそこの資産もあるでしょ。生活に困りはしないと思うけど。あ、紗英さん呑んで?」

「あ、ありがとうございます」

「母さんと一緒にすんなよ。つか、母さんにとっては学生結婚だったかもしれないけど、父さんは社会人だっただろ。俺らは逆なんだよ。あ、これ美味い」

「いや、延、逆だからこそだぞ。年上の女性を待たせるのはよくない」

ねえ、と水を向けられても答えようがなく、紗英はまたもや笑顔で受け流す。

かたや、はいはい、と両親をあしらう延は慣れている様子だ。相賀美家ではいつもこんなノリで会話をしているのかもしれない。

以前は彼ら一家と、どんなふうに関わっていたのだったか。

見慣れた街角に工事が入った途端、以前の風景を思い出せなくなるのと同じだ。紗英は大いに戸惑ったけれど、居心地は悪くなかった。

彼らの醸す、あったかい歓迎の雰囲気は、最初からずっと変わらない。

三人は、家族仲が修復できたのは紗英のおかげだと言う。けれど紗英は、いずれこうなっていただろうと思う。なにしろ三人とも、互いを大事に思っているのだから。

「ご馳走さまでした。とっても美味しかったです！」

「また来てね。紗英さん、今度は、ふたりでお茶にも行きましょ」

「はい、ぜひ」

延の実家をあとにしたのは十四時過ぎだ。

門を出ると延が手を差し出してきたので、なんとなく繋いで、駅へ移動した。

当初は延の運転で相賀美家を訪ねようという話になっていたのだが、食事に誘われ、お酒を呑むかもしれないとわかって、やめておいた。

案の定、ふたり揃ってほろ酔いだ。

「なあ、今日、泊まっていくだろ」

ホームに着くと、延が列に並びながら言った。

「延のとこ？　行っていいの？」

「おまえがよければだけど」

「それはもちろん！　でも、着替えがないのよね。一旦、取りに帰ろうかな」

ごおっと、列車が滑り込んでくる。変装のため、伊達メガネを掛けて乗り込む。

この時間ならまだ、帰宅しても日暮れまでに延の自宅へ行けるだろう。ついでに、夕食の材料でも買ってこようか。明日の朝のパンもだ。

動き出した列車の中、延は無言で吊り革に片手を引っ掛ける。その横に立ち、頭の中で移動時間を逆算して考えていると、いきなり列車がガクンと揺れた。

「わ！」

普段ならやり過ごせるのに、油断していたからか、酔っているからか。

紗英はよろけて、つんのめりそうになった。運悪く、前方は座席だ。座っている人の上に危うくダイブ――というとき、後ろからがしっと腰を抱かれる。

延が片腕で、掬い上げてくれたのだ。

「大丈夫か」

「う、うん。ありがと……」

以前なら、力がついたな、とか、助かった、くらいにしか思わなかった。

けれど今は、独特の甘さを感じる。恋人らしいことをわざわざしているような、守られるべき柔らかいものへと、自分が少しずつ変わっていくような。

そのたび体の奥のほうがきゅうっと痺れて、どうしたらいいのかわからなくなる。

はあ、と密かにため息を零し、延の隣の吊り革に摑まる。

「後ろの人ってさ」と、背後からヒソヒソ声が聞こえてきたのは、そのときだ。

まずい、メイク動画の『紗英』だとバレたのかもしれない。冷や汗を感じつつ横目でこっそり窺えば、若い女性ふたりが延を見て、互いにつつき合っている。

「ビジュよすぎない？」

「私もそう思ってた！　動画配信とかやってる人かな!?」

「見たことある？」

「ない。でも、探したら見つかりそうじゃない？　てか、名前聞いてみる？」

「え、やば。眩しすぎて聞けない！」

安堵するとともに、そうなんだよね、と紗英は内心で同意した。

普段は、ほとんど気にならないけれど——。

延はとにかく、どこにいても目立つ。

細い顎に、日本人らしからぬはっきりした目鼻立ち、凜々しい眉、さらにスラリとした長身……どれをとっても群を抜いていて、ひと目見たら忘れられない。

とくに面食いというわけではない紗英でも、もしも延と面識がなく、どこかでふいに見掛けたとしたら、視線を持っていかれると思う。

半分酔った頭でふわふわと考えていたら「降りるぞ」と右手を摑まれた。

「え、え？　だけど、乗り換えの駅と違う」

「いいから」

「で、でも」

摑んだ手を、持ち上げられる。指を絡められ、甲にさりげなく口づけられる。

「デートだよ」

背後からきゃーっと声が上がる。黄色い悲鳴も納得の色気だ。

思わず狼狽えているうちに手を引かれ、見慣れぬ駅のホームに降ろされる。

「着替えもろもろ、ここで調達すればいい」

「調達って」

「せっかく会えたのに、一旦だって帰ろうとしてんじゃねーよ」

側にいろと言われているのだと気付いて、カッと頰が火照った。

（なんでこう、いちいち揺さぶってくるの）

　ふたりきりでいるときの延の言動は、特別心臓に悪い。熱くなった顔を誤魔化そうと必死で他所を向いているうちに、延はぐんぐん進んだ。

　連れて行かれたのは駅と隣接する、いわゆるファッションビルだ。

「まずはあれだな。下着、ヤラしいの何枚か買っていい？」

「え、だめ、こら、だめ、だめだってば！」

　止めても、延は次々とショップに入ってしまう。

　そして遠慮する紗英を横目に、下着に部屋着にワンピースに化粧品、そして靴までもを買い揃えてしまった。あっという間に大荷物だ。せめて持とうか、と申し出たけれど、ひとつも持たせてもらえない状況に、じわじわと申し訳なくなる。

「こんなお姫さま扱い、わたしには勿体ないわよ……」

　エスカレーターに乗り込みながら呟くと、すぐ後ろから即答された。

「まだそんなこと言ってんのかよ。過去の男にだってしてもらったんだろ」

「まさか。してもらってないわよ、一回も」

「あ？」

「嘘じゃないからね。今までずっと、わたしは俄然、頼られるほうだったの。ジャム瓶の蓋が開かないからって、呼び出されたこともあったくらいよ」

「便利屋かよ」

　ふはっと延は噴き出す。

「来るもの拒まず、選り好みしなさすぎだろ」

「それは……だって、ほら、わたしは可愛いわけじゃないし、小さくもか弱くもないでしょ。だからそんな需要しかなくても仕方なくない？」

「馬鹿」

　延は何故だか、ムッとしたような口調になった。

「紗英は可愛いよ。強がってるだけで大して強くねえし、弱いところはうまく隠してるだけだし。そんなこともわからないくせに口説いてんじゃねえし」

　そんなふうに言えるのは、世界中探しても延だけだ。

　紗英は別に、強がって生きてきたつもりはない。これが自然体だ。無理だってしていない。それなのに妙に胸に沁みるのは、延の言う通り、どこかに隠して見て見ぬふりをしていたからなのかもしれない――自分のとても弱い部分を。

「……ありがと。って、真に受けていいのかな」

「いいに決まってる」

　エスカレーターの終点が見えてくる。一階だ。

　コスメブランドが所狭しと並ぶフロアには、ほんのりと花のような香りが漂っている。嗅ぎ慣れた、けれど今は、少しばかり距離を感じる香り。

あれから——。

アカウントだけが残された紗英のSNSには、応援のメッセージがちらほらと届いているらしい。らしい、というのは延から聞いた話だからだ。

延は、大勢の人からの注目を受けて平常心ではいられない紗英を慮って、SNSの管理を買って出てくれた。忙しいのにわざわざ申し訳ない気もしたが、そうでもしなければ延が心配でたまらないと言うので、お願いしたのだ。

(いつかは、わたしも延の役に立てるかな)

今はまだ難しいけれど、そのうち。

トラウマが克服できたら——いや、延が側にいてくれるなら叶うと思うのだ。

なにせ、紗英には磨いてきた腕がある。一度、何もかもを手放すという経験も含めて、貴重だったと思うし、絶対に無駄にはしたくない。

フロアに一歩踏み出そうとすると、延がスッと隣にやってきた。背中に手を添え、さりげなく支えてくれる。そして囁くように、ぼそっと言った。

「ま、俺だって偉そうに他人のこと、言えないけどな」

「え?」

「わかってて続けたし。おまえが俺と付き合ってんの、単に付き合おうって言われたからだって」

自虐的とも思える口ぶりだった。

「もしかして、わたしがその気もないのに、延との付き合い、受け入れたと思ってる？」

「いや、別に、悲観的な意味で言ったわけじゃねーし。わかってるよ。今は、ちゃんと紗英の意思で側にいてくれてるってこと。でも、当初は違っただろ」

「そんなことない！」

「気を遣わなくていいって」

「遣ってない。わたし、あのときにはもう、ちゃんと延のこと、好きだったわ」

焦ってしまう。

まさか、来るもの拒まずのスタンスで付き合っていると思われていたとは。

「本当に？　いや、そんな、想定外に可愛いことを言われると、厚かましくももう一度、力技で押し切るつもりの俺が、若干やりにくくなるだろうが」

「どういう意味」

「昨日、役所で婚姻届をもらってきた」

コンイントドケ。

頭の中で繰り返してから、意味を察して飛び上がる。

「な、なんで⁉　ご両親の前では、まだ考えてないって――」

「当たり前だろ。プロポーズもまだなのに、家族に先にバラす阿呆がいるかよ」

理解が追いつかない。

だって延は、自分で言っていたようにまだ学生だ。それに付き合い始めたばかりだし、年齢的にも早計すぎる。絶対に、もっとじっくり考えてから決めたほうがいい。

けれど延は、大量のショップバッグを右肩に提げ直しつつ言い放つ。

「諦めろ」

少々斜に構え、悪びれる様子もなく。

「覚悟を決める暇、与える予定ないからな」

自信たっぷりの微笑みを前に、紗英の膝はカクンと折れる。

まるで、甘い電流に貫かれたみたいだ。腰から下に、力が入らない。やむなくヘナヘナと、床にへたり込んでしまう。

「なんだ、どうした、紗英」

「……っも、わたし、心臓もたない」

「うん?」

「な、なんなの、もう。なんでそんなに、もれなく鷲掴みにするの。おかしいわよ。正直に言ってよ。ずっと彼女がいなかったとか、嘘なんでしょ……っ」

だってこんなの、慣れているとしか思えない——女の扱いに。

口説かれるのは、もちろん嬉しい、嬉しいのだが、もはや嬉しさを通り越して、なんだか恨めしいくらいだ。

「本当のこと、言ってよ。大丈夫よ、わたし、驚かないから。ショックは受けるかもしれないけど、ちょっとだけ……ちょっと……ごめん、結構なダメージ受けるかも、やっぱやだ、どうしよう、やだよ延——むぐ」

混乱してきたところで、しゃがみ込んだ延に片手で口を塞がれる。

「阿呆。公衆の面前で、それ以上可愛くなるのやめろ」

「む、ぅう」

「覚えてろよ。帰宅したら、よーくわからせてやるからな」

そこからは半分担がれるような格好で、ビルの外へと連れ出された。

通りかかったタクシーを拾うなり、後部座席に放り込まれる。なにしろ腰が立たないから、抵抗のしようがなかった。

十五分もすれば、延のマンションだった。


眩しかった夕陽は、とうに名残さえもない。掃除の行き届いた寝室は、小さなルームランプだけが頼りなく視認性を保っている。

「——で？　誰が嘘をついてるって？」

浅い部分をクチュクチュと、焦らすように掻き混ぜる指は巧みだ。触れてほしいところには、ギリギリのところで触れない。満たされない奥が、切なさに喘ぐ。

「え、延……っ、もう、許し……っ」

繋げるなり、イかせるなり、どうしてしてくれないのだろう。

今日の延は、いつもとは明らかに違う。

ベッドに上がってからというもの、壁に寄り掛かり、膝の間に紗英を置いて、背後から紗英の秘所を捏ね回している。花弁の中も、外も、そして蜜口の周辺もたっぷりと弄られて、今や軽く触れられただけで飛び上がるほどいい。

延を受け入れる準備はできている。それなのに。

「そう簡単に許すわけねえだろ。これはお仕置きなんだから」

「んぅ……なんで……ぇ」

「疑ったおまえが悪い。俺はマジで全部、紗英が初めてなんだよ」

「……うそ……っ」

「わかれよ。おまえにがっかりされたくなくて、必死で調べたってことくらい」

入口だけを撫で擦る指が焦れったくて焦れったくて、もどかしい。

たまらず腰を持ち上げて延の指を咥え込もうとしたら、ふっと秘所から手を退かされた。下から太ももをそれぞれ摑まれ、さらに大きく開脚させられる。

「え、あ」

そのうえ左右から割れ目を広げられると、薄明かりの中でてらてらと光っていた。ふっくらした花弁も、花柱のように勃ち上がった赤い粒も。

なんて卑猥な——思わず目を逸らす。

「きれいだよな、おまえの」

「見ないで……ぇ」

膝を閉じようとしても、叶わない。

延の視線は、紗英の左の肩越しに、脚の付け根に落ちたまま。

なおも開かれたままの割れ目には、骨張った人差し指がつと滑る。ぐみの実のように丸く膨れた突起を避け、ゆっくりと円を描くように、溢れた蜜を塗り広げていく。

（……そこ、弄ってもらえたら、すぐにイけるのに……っ）

気付けば紗英は、延の指の動きから目を離せなくなっていた。

気持ちばかり逸って、は、は、と呼吸が浅くなる。

花弁を撫でる指が逸れてくれるのを、ひたすらに待ち侘びる。

「どれだけ調べても、わからなかった」

「あ……あ」

「知らなかった。この奥があったかいってことも、崩れそうに柔らかいってことも、反応を返してもらえると死ぬほど嬉しいってことも——紗英を抱くまでは」

その手が秘所から太ももへ流れ、紗英は叫び出しそうだった。

どうして今日に限って、してくれないの。どうしてこんな意地悪をするの。

「ふ、ぅ……うう」

「泣いてるような声を出すなよ。もっと意地悪したくなるだろ」

顎に手を添えられ、左に振り向かされる。唇を合わせ、ゆっくりと舌を含ませられる。

いつもの無我夢中な口づけとは違い、宥めるような愛撫だった。

「ん、んっ」

クチュクチュと唾液を混ぜ合わせる舌が、くすぐったい。

もどかしさが、さらに煽られる。腰をくねらせずにはいられなくなる。もじもじとつま先でシーツを掻けば、今度は乳房を下からそうっと持ち上げられた。

「胸も、単に柔らかいだけじゃないんだな。掌に吸い付くようにキメが細かくて、重量があって、めちゃくちゃ甘い匂いがする」

「え、あ」

「ま、ここに関してはもう何年も前から想像だけは活発にしてたけどな。ゆったりした服を着てても、ついそこに目がいく……ってのは若気の至りってことで許せよ」

延の両手はふにふにと、クッションでも握るように膨らみを弄ぶ。重さを楽しむように揺らされると、期待感から先端が勃ち上がり始めた。

そこに、人差し指が伸びる。上から触れられる――と思いきや、その指は紗英の期待を裏切って、空中でゆるゆると動いた。

「やっ……、あ、延……っ、やだ」

もはや焦れったさの限界だった。

涙声で「お願い」と紗英は懇願する。

「ちゃんとして……気持ち、よくして」

「なんだ。いつもは待って、とかやめて、とか言うくせに」

「だって」

「だって?」

「……っばかぁ」

「喧嘩売ってんの」

「ちが……う、けど……おっ」

ぐずぐずになった紗英を見つめ、延は笑う。好ましげに、そして愛おしそうに。

それから枕もとを片手で探ったあと、紗英の右手に何かを握らせてきた。

見れば、手の中には避妊具の小袋がひとつ。

「口で着けて」

できたら繋げてやる、と言われているのだろうか。

そうなのだとしたら、応えない道はない。震える両手で、小袋の封を切る。

振り返ると、延は両脚を紗英の体の左右に置いて、挑戦的に微笑んでいた。

さあどうぞ、とでも言わんばかりだ。そそり立つものはすぐ目の前に差し出されている。

避妊具の先を唇で慎重に挟み、上体を屈める。

「ん……」

薄膜越しに感じる体温が、直接ではないのに生々しかった。

ゆっくりとそれを口の中に収めつつ、丸まっている部分をくるくると下ろす。半ばまでしか咥えきれなかったので、その先は両手で着けた。

「これで……いい？」

延は、背中を壁にもたれたまま。

準備が整ったのに、紗英に覆い被さってくる気配はない。

「延……？」

「挿れるところも見たい。紗英が、自分で」

「……っ」

「上手に腰を振れたら、弄ってほしいところ、全部弄ってやるから」

これほど威力のある言葉が、ほかにあるだろうか。

（弄ってくれる……弄ってほしいところ、全部……）

そり返る屹立を見つめ、こくりと息を呑む。

自ら延に乗り、腰を振るなんて、以前の紗英には想像することさえ禁忌だった。そんな背徳的かつみだりがましい行為、許されるわけがない。

けれど今は、内側で暴れる屹立を思うだけで、恍惚としてくる。

「……ふ……」

どきどきと急く脈を感じながら、延の太ももに跨る。

左手を硬くなった陰茎に添え、腰を落とす。

「ん、ぅ」

先端を咥え込めば、途端に下腹部が溶けそうだった。

散々、浅く指で弄られた場所だ。本当は、もっと奥まで欲しかった。

（あ……のぼってくる……なか、擦りながら……いっぱいに……）

欲望のままに、呑み込んでいく。一瞬だって、止まれない。

「紗英、快さそうな顔、してる」

「は……ぁ、あ、気持ちい……」

最奥を押し上げながら軽く弾けたが、紗英は止まらなかった。

延の肩に摑まり、膝立ちで腰を振り始める。上下だけでなく、器用にくねらせ、屹立をしごく。丸い先端でぐるりと襞を撫で回すと、延の眉間には悩ましげな皺が寄った。

「延……これ、すき……？」

「き、らいなわけ、ねえだろ」

乱れていく呼吸を感じて、胸がきゅうっとする。嬉しい。

もっと喜んでほしくて、粘着質な音をわざと立て、接続部を擦り合わせた。

「なかで……びくびくしてる……かわいい、延……」

「く……ぁ、かわいい、は、やめろ……っ」

「ふふ……っン……もっと激しく、してもいい？」

延の答えはない。もう好きにしろという意味だろう。

はあ、と紗英は甘い吐息を零す。

それから足の裏をシーツにつけ、しゃがむ格好で腰を上げ下げした。

「あ……はぁっ、は……」

深く、浅く、雄のものが出入りするたび、その硬さ、大きさを実感してうっとりする。

延はと言えば、グチュグチュと鳴るそこにすっかり目が釘付けだ。

調子に乗って、紗英は筋肉質な肩に掴まっていた両手を下に滑らせる。そこに宿る小さな胸の突起を、指先でそっと転がす。と、延はビクリと体を揺らした。

「ッ……な、にを……」

「そう、これ、気持ちいいの……じゃあ、いっぱい弄るね」

「う……っク、出……ッ」

「いいよ……好きなときに、好きなだけ出して……っア、んん」

ここぞとばかりに蜜口を締め、紗英は大きく腰を振る。ささやかな胸の突起を、両手でこすこすと弄りながら。どっと内側に広がる熱を感じたのは、数秒後だ。

延が吐き出し切るのを待って、屹立を抜き取る。

避妊具を外すと、まだ先端から迸るものがあったので、思わず唇を寄せた。ひと舐めしてから、それをぱくりと咥える。半ばまで迎え入れ、音を立てて啜る。

「ふ……ッ、そこまで、しろとは言ってない……っ」

「んん、く……ぅ、れも……ほら、また、おっきく……ん、ん」

「もう、いい、やめろ……ッう、あ！」

「ビクってしてる……ン、は……このまま、もう一回……んぅ」

続けてしゃぶっていると、腕を掴まれ、引き剝がされた。その勢いで、押し倒される。

見上げれば、延は肩で息をし、余裕など一切ない目をしていた。

「クソ、いい加減にしないと、歯止め、利かなくなるだろうが……ッ」

苛立ちまでこもった熱っぽい視線に、ゾクゾクする。

「……口の中、出しても良かったのに」

「言うな。我慢の限界だ」

　左胸の先にむしゃぶりつかれ、全身が歓喜にわななく。

（そう、これ……してほしかった……っ）

　腰を揺らして誘えば、花弁の間に指をぐっと差し込まれ、粒を弄られる。

　間もなくして再び避妊具を着けたものが、内側に入り込んできた。奥を突くや否やベッドを軋ませて揺さぶられ、たちまち弾ける。

「ッア、延……っすっごい、きもちい、イってるのぉ、お、お……おッ」

　盛んに跳ねる腰を押さえつけ、延はますます激しく責め立ててくる。

　右手の親指と中指は、両方の胸の頂。左手の親指は、脚の付け根でぷっくり膨れた粒。三か所同時に弄りながら、貪欲に腰を打ちつける。

「好きだ……俺は、死ぬまで……紗英しか知らなくていい」

「あ……ア、う……」

「その代わり、紗英のことは全部知りたい。誰より……知っていたい。って、もう、聞こえてねえな、その様子じゃ」

　その言葉通り、紗英はすでに正常な判断が下せる状態ではなかった。

　快感に侵され、意識が朦朧としていたのだ。好ましそうにうっすらと微笑み、蹂躙されるまま、揺さぶられるまま――。

「今のうちに押すか？　判子」

くっ、と延は喉の奥で笑った。

エピローグ

結婚はしたい。もちろんしたい。

けれど延は学生だし、あと二年もすれば就職だし、新人のうちは仕事に専念すべきだし、だいいちまず、付き合い始めて間もないし。

「ま、まだ早いわよ。せめて卒業してからにしよう?」

紗英はどうにか先延ばしにしようとした。

しかし延は、諦めなかった。

「人生を決めるのに早いも遅いもないだろ」

結婚してから大学に通う人もいるし、紗英が側にいるほうが学業に身も入るし、就職してからあたふたしないよう、インターンにも精を出しているし、と。

忙しい合間を縫って逢うほうが、互いに負担だなどとも言い出した。

しかも延は、顔を合わせるたびに甘く、執拗に囁いてくる。

結婚しよう。一緒に住もう。朝も晩も、紗英の顔が見たい。いや、今は籍だけでもいい。紗英が納得できたら、引っ越してくればいい。とにかく紗英が欲しい。もう十年前からずっと欲しかったんだ。だから結婚しよう。

どうにか耐えたのだ。最初の半年ほどは。

それだけでとてつもない忍耐力を要したというのに、さらに延はその半年の間に、紗英の両親から結婚の許しまでもらってしまった。王美堂の一件も落ち着いたし、そろそろいいですよね、と。

極めつきは――。

「延坊のどこが不満なんだ、紗英。そのうち、若い子に目移りしちまうぞ」

いつの間にか、祖父まで延の味方になっていた。

年長者の言葉はいつだって、古臭くも説得力のある重みを持っている。

そのうえ若さを引き合いに出されて、紗英が狼狽えずにいられるわけがなかった。

なんと言っても十も年上だし、先延ばしにすればするほど紗英は若さから遠ざかる。かたや延は、より頼もしくより素敵に成長していくわけで……。

「……なんで、わたしなの」

度重なるプロポーズに対し、弱々しく尋ねたのは年の瀬だ。

「わたしの何がそんなによくて、そんなに好きでいてくれるの？　というか、いつ、なんでわたしを、好きになってくれたの……？」

と言うのは、かねてからの疑問だった。尋ねたいと思いながらもずるずると機会を逸して、このままでは来年の課題になるところだった。

照れ臭さから、重箱に伊達巻きを詰める作業が荒くなる。

新年に向け、ふたりは延のマンションのキッチンで並んでお節料理を準備していた。

「今さらそれ、聞くか？」

「だって、ずっと不思議だったの。小学生にとっての大学生って、普通、恋愛対象にならないでしょ？　その、延の気持ちを疑ってるわけじゃないけど」

「だったら別に聞かなくてもいいだろ」

「聞きたいの」

「つか質問を返すようだけどさ、なんで紗英、まだわかんねえの？　自分の何が、俺をこんなに惹きつけるのか」

「わかったら聞いてないわ」

もはや押し問答である。

延はせっせと八幡巻きを焼き、片手間に海老を茹で始めた。本当に手際がいい。と、一瞬見惚れた隙に「そういえば」と話題を変えられた。

「紗英のSNSに仕事のオファーが来てたぞ」

「仕事？　モニター的な？　あのSNS、全然更新してないのに」

「違う。本だと」

「本……？」

「そう。今までおまえが発表してきた難隠しメイク、一冊にまとめてみないかって。騒がれるのが嫌なら、名義は別でもいいってさ。だから先方、紗英の知名度を利用したいっていうより、純粋に知識を買ってくれてる感じだったぞ」

想像もしていなかった。本――すごいことだ。

出版物ならば、SNSと違って直接反応が届くことはない。大勢の人に注目されているという実感がなければ、苦しくなってしまうこともないだろう。

「どうする？　無理そうなら俺が断りのメッセージ、送っとくけど」

「ううん、やる！　やってみたいっ」

「そう言うと思った。じゃ、あとで連絡先を教えるよ」

ありがと、と頷いて、紗英は冷蔵庫から鶏肉を出してくる。それを切り分けようとしたものの、はっと思い出して、すすすと延に寄る。

「あのさ、さっきの話の続きだけど」

「忘れてなかったのか」

「いいじゃない。このままだとわたし、年が越せない。ねえ、教えて。どうしてわたしを好きになってくれたの？　どうしても、ど——しても知りたい！」

肩を押し付けて催促すると、延の視線が一瞬だけこちらに向いた。

久々に目にする、照れているときの目だった。

「……笑顔だよ」

「笑顔」

「そう。もういいだろ、これで」

いいわけがない。

「もうちょっと詳しいことを教えてよ」

「しつけーな。一回だけだぞ。二度と言わねーからな。……紗英、誘拐未遂事件のときに瀕死の状態になっても笑ってくれただろ、俺のために。あんときだ」

「そんなに前から、好きでいてくれたの？　気付かなかった」

「だろうな」

「ご、ごめん」

「言っとくけど、無理してまで笑ってほしいわけじゃないからな。俺は、どんな紗英だっていい。そこのところ、誤解するんじゃねーぞ」

延がここまで素直に、質問に答えてくれるのは珍しい。しかもそれが本音であることは、延の耳が赤いところから推して知るべしだ。

どんな紗英だっていいなんて、過大評価だと思う。でも。

紗英はもう一歩、延に寄る。体の左側を、ぴったりとくっつける。

「それって、ガサツでもいいってこと？」

「ああ」

「人一倍食べるところも？」

「ああ」

「考えが甘かったり、すぐ沼ったり、鈍感だったりするけど」

「重々承知してる」

「押しに弱いわ」

「俺にとっては利点だ」

ぐつぐつと小鍋が沸く音。牛肉が焼けたいい匂い。窓の外は、厳かな夜。

「わたし、十歳も年上なのよ。いつか、後悔しない？」

そうっと付け足した疑問を、延は「ばぁか」と一蹴した。

それ以上、言葉はなかった。けれどそれだけで、胸がスッと晴れた。

少しも深刻さのない、塵を払う程度の軽さが、紗英はなにより嬉しかった。

鶏肉を一口大に切り分け、ジッパーバッグに入れる。料理酒と醬油、鶏ガラスープの素、そして柚子胡椒。それをモミモミしていると、不思議そうな目を向けられる。

「何ができんの、それ。正月料理じゃねえよな」

「唐揚げ。漬けといて、明日揚げようかなって」

と、リビングでつけっぱなしになっていたテレビの画面が、ぱっと切り替わる。

着膨れした人々で賑わう寺社を、滲んだ月が見下ろしている風景だ。過去から連なる永い時間に、またひとつ、区切りの点が慎ましく打たれようとしている。

「すげぇ一年だったな、今年」

「そうね。誰かさんの所為でね」

「俺に責任押し付けんなよ。おまえだって――あ、やべっ、海老！」

「え、海老？」

「茹ですぎた！　すっかり身が小さく……コレ、食べるところなくね？」

途端にしょんぼりする姿に、噴き出してしまう。

そして思った。

――初詣の帰りに、印鑑、取ってこよう。

いつまでも、こんな楽しい日々が続いてほしい。

倉庫の仕事はできるだけ続けたいけれど、本と結婚と、同時にできるだろうか。

いいや、ふたりで相談しながら進んでいこう。何事も、答えなんてひとりでは導き出せな

いものだから。

迫り来るまっさらな一年は、いつになく慌ただしくなりそうだった。

【了】

あとがき

こんにちは、斉河燈《さいかわとう》です。最後までお付き合いくださって、ありがとうございます。

久々の逆転年の差もの、楽しく書かせていただきました。

年下ヒーローは今まで「可愛いと見せかけて実はオスな腹黒」というパターンばかり書いていたので、今回はまさしくオス！　なんだけどヒロインにはさっぱり通じてないオスに。

不憫。

でも、素直になれず初恋を拗らせた少年、というのはわりとツボです。

他社さんでも数年前にちょこっと（こちらは年上で、過去ツンデレ→数年後に再会したらねちっこいストーカーになってたというギリギリなヒーロー）書いたのですが、このとき、次に年下モノを書くならこのツンっぷりにしよう、と温めていたりしました。

なので念願の、です。存分にツンさせました。

弱ったときにツンしきれないツンというのが、個人的に好きなツンですね。ツンツン言い過ぎて、西郷隆盛《さいごうたかもり》像が頭にちらつき始めました。

そしてカバーイラストはもうご覧くださったでしょうか。

延の表情がまさに拗らせた青年なんですよ。ちょっといじけた感じがたまりませんよね。

すでに陥落している紗英の雰囲気も好きです。

紗英はポンコツの部類に入ると思うのですが、年上って、ヒーローでもヒロインでも完璧でないところにセクシーさを感じます。自立してて強くて無敵感あるところは、王道ヒーローっぽいのですけども。

ともあれ今回も「了」の字を打ててよかったです。

辰年になってから、なにかと落ち着かないと言いますか、安心しきれない世の中ですが、皆さまどうかご無事でお過ごしくださいね。

皆さまあっての不肖わたくし、だと常々思っております。

最後になりますが、素敵なイラストを描いてくださったマノ先生、本当に細やかにありがとうございました。そして面倒を見てくださった新編集さま、出版社さま、校正者さま、デザイナーさま、印刷所の皆さま、書店さま……本書に携わってくださったすべての方に感謝申し上げます。

二〇二四年　七月吉日　斉河燈・拝

オパール文庫をお買いあげいただき、ありがとうございます。
この作品を読んでのご意見・ご感想をお待ちしております。

✦ファンレターの宛先✦

〒102-0072　東京都千代田区飯田橋3-3-1
プランタン出版　オパール文庫編集部気付
斉河 燈先生係／マノ先生係

オパール文庫Webサイト
https://opal.l-ecrin.jp/

オオカミくん、落《お》ち着《つ》いて！
年下御曹司《とししたおんぞうし》の終《お》わらない執着愛《しゅうちゃくあい》

著　者──斉河 燈（さいかわ とう）
挿　絵──マノ
発　行──プランタン出版
発　売──フランス書院
〒102-0072　東京都千代田区飯田橋3-3-1
電話（営業）03-5226-5744
（編集）03-5226-5742
印　刷──誠宏印刷
製　本──若林製本工場

ISBN978-4-8296-5556-6 C0193

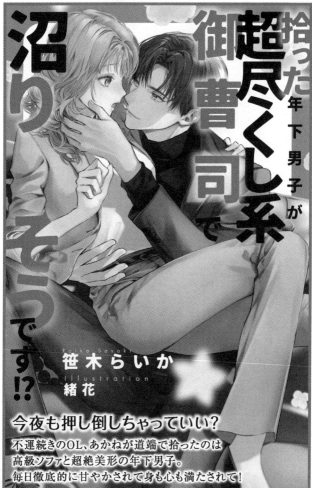

Opal Label オパール文庫

好評発売中!

Op8433